JN087922

Kaho Matsuyuki

presents

## 香坂涼聖《こうさかりょうせい》

診療所の医師。琥珀の恋人で陽の父親的存在。気づけば多くの神様と知り合いになっているが、本人は至って普通の人間。

## 琥珀《こはく》

かつて八本の尻尾を持っていた狐の神様。涼聖の愛の力により、最近四本目の尻尾が生えてきた。ちょっと天然。

## 陽《はる》

妖力を持っているチビ狐。琥珀に預けられてスクスク元気に成長中。集落のアイドルで、食べることが大好きなお菓子星人♡

# 伽羅

きゃら

かつては間狐だったが、現在は主夫的立場に。涼聖の後釜を狙う、琥珀大好きっ狐《こ》。デキる七尾の神様。

# 橡&淡雪

つるばみ&あわゆき

烏天狗の長。弟で夜泣き王である淡雪の世話を一生懸命している苦労人。倉橋とようやくカップルに！

# 倉橋

くらはし

涼聖の先輩医師。元は東京の病院勤務だったが、現在は地方の救命医療をサポート中。淡雪に気に入られている。橡の彼氏。

# 白瑩（シロ）

しろみがき

香坂家にずっと暮らしている座敷童子のなりかけ。涼聖と千歳の遠いご先祖様。赤い目の男と何やら縁がある…？

# CONTENTS

CROSS NOVELS



CONTENTS

# 狐の婿取り

神様、思い出すの巻

Presented by
Kaho Matsuyuki
with
Ryou Mizukane

Presented by
松幸かほ
Illust
みずかねりょう

CROSS NOVELS

# 1

年末から雪がちらつき始め、正月を終えて少しするとまとまった雪が降り、集落のすべてが白に覆われる時季がくる。

その真っ白な雪の中を、今日も陽《はる》は元気に散歩だ。

ダウンジャケットの上から、お気に入りのクマ耳が付いた赤ずきんのマントを着て、道を進む。

車道——といっても、ギリギリ車が擦れ違える程度の幅しかない——にはほとんど雪がないので、足を取られることもない。

もう少し季節が進むと、凍結してしまって足を滑らせたりすることもあるが、走らなければそういうこともほとんどないのを陽は知っている。

「きょうは、どのみちをあるこうかな……」

このまま、雪のあまりない道を行くか、脇道に入って、まだ誰も踏んでいない雪に足跡をつけながら歩くか、悩みつつ足を進める。

しばらく行くと、脇道からシャベルを持った青年二人が車道に出てきた。

「こうたくん！　ひでとくん！」

陽が笑顔で手を振ると、二人も陽に気づいていたのか、笑顔で手を振り返してくる。

その二人に、陽は足を滑らせないように小走りで近づいた。

「こうたくん、ひでとくん、こんにちは」

改めて名前を呼んで、挨拶をする陽に、二人も挨拶を返す。

「こんにちはっス」

「こんにちは。陽くん、どこかに行くの？」

秀人《ひでと》の問いに、

「えっとね、どこいこうかなっておもいながら、あるいてたの。ふたりは、どこかおでかけしてたの？」

陽が答えて、ついでに問い返すと、孝太《こうた》が手にしたシャベルを軽く持ちあげて示しながら言った。

「雪かきの手伝いっスよ。長岡《ながおか》のおばあちゃんちの玄関から門までざっくりと雪かきしてきたところっス」

豪雪地帯というわけではないのだが、ここもそれなりに雪が積もる地域だ。

集落には年寄りが多く、けもの道程度なら作ることができる者もいるが、それすら難しい住民もいる。

もちろん、役所に頼めば除雪をしてくれるが、そうたびたびはなんとなく頼みづらい。業者に頼むという手もあるが、それなりの金額になるため、年金暮らしには痛い出費だ。

それがみんな分かっているし、昔から集落にいる住民たちは「助け合い」の精神が根付いているので、本人から依頼がなくとも、様子を見て定期的にざっくりとでも、雪かきの手伝いをするのだ。

「今年は助っ人が増えて助かるっスよ」

孝太はそう言って秀人を見る。

これまで集落で唯一の若者だった孝太は、毎年雪かきに一番多く駆り出され、もはや雪かきエリートである。

そして、秋に仕事をやめて、集落にいる祖父の許に身を寄せた秀人も、「若い」という理由だけで雪かきに駆り出され、孝太とペアで出動していた。

「来る時季間違えたなぁ」

苦笑いする秀人に、

「ゆきだるまつくったり、かまくらつくって、なかであそんだりもできるから、ゆきがつもってるのもたのしいよね」

陽は笑顔で言う。

「それに、雪合戦もあるし？」

秀人が問うと、陽は笑顔で頷《うなず》いた。

「うん！」

「もっと積もったら、雪合戦っスね」

毎年——というか孝太が来た年から、集落では若者チーム対年配チームで雪合戦を楽しみ始めた。

たった一日だけ行われるその雪合戦は、剛速球が飛び交う白熱戦である。

見守るギャラリーも、ぜんざいを作ったり、餅を焼いたり——ついでに酒を飲んだり——で、集落でのちょっとした催し物だ。

「じゃあ、もうちょっと積もったら、かまくら作って、中でお餅食べながら、雪合戦のシミュレーションするっスか」

孝太が提案する。それを陽が断るわけがなかった。

「うん！」

「じゃあ、かまくら作れるくらい積もったら。秀人くんも大丈夫っスよね？」

陽の返事を待って、孝太が秀人に問う。

「俺も一緒でいいの？」

「当然っス。雪合戦のシミュレーションとなったら、秀人くんがいないと」

「ひでとくん、なにかごようじある？」

陽が聞いたが、用事があるかと問われても、かまくらを作ることになるのがいつか分からないのだから答えようもない。

だが、子供の問いなど、そんなものだ。

「ううん、ないよ。じゃあ、一緒にかまくらでお餅食べて雪合戦の話をしよう」

秀人が言うと、陽はほんの小さくジャンプして、やった！　と喜ぶ。

大きく飛ばないのは、滑って転ぶと危ないからだ。

そんな陽を孝太と秀人は、本当に年が離れた弟を見るように見つめる。

「じゃあ、陽ちゃん、俺たちもう一軒、雪かき行ってくるっス」

「がんばってね！　かまくらするの、たのしみにしてるね」

陽はそう言うと二人に手を振って、散歩に戻った。

車道をもう少し進んでから、陽は山手へと登る脇道に入る。

まだ誰の足跡もついていない雪道を登っていくと、そこには群生している南天の木がある。

緑の葉と赤い実が雪を纏った様子に、陽は足を止めて見入る。

「……きれい…。こはくさまにも、みせてあげたいなぁ……」

陽は呟く。

治療のために本宮に戻った琥珀《こはく》は、まだ戻って来ていない。

折々に手紙をくれるし、正月には年賀状も届いた。

元通りではないが、ずいぶんと体調もよくなったらしい。

——春には戻る。寂しい思いをさせているが、もう少し、待っていてくれ——

琥珀からの手紙の最後には、よくそう書いてあった。

最初は琥珀と「会えない」ことが寂しかったが、琥珀が自分のことを忘れずにいてくれていることが分かって、今は「春になったら会える」と思えるようになった。

——そういえば、ほんぐうにも、ゆきってふるのかな？

陽は一度だけ本宮に行ったことがあるが、そのときは五月だった。

——きゃらさんにきいたらわかるかな……。おさんぽがおわったら、きゃらさんにきいてみようっと！

陽はそう思いつつ、再び雪道を歩き始めた。

◇◆◇

「つっめたーい！　ひゃっふー」

楽しげにはしゃぐ子供の声が、庭に面した本宮の回廊に響く。

雪が積もった本宮の庭では、金に近い毛色をした子狐がポンポンと飛び跳ねては、時々転んだりして、はしゃぎまわっていた。

「楽しそうな声が聞こえると思ったら。秋《あき》の波《は》殿でしたか」

回廊を通りがかった琥珀が声をかけると、

「あ、こはく！」

秋の波は遊ぶのをやめて、雪まみれになりながら走り寄って来た。

その姿に、琥珀は陽を重ね合わせる。

毎年、雪が初めて積もると、陽も秋の波と同じように雪の中を飛んだり跳ねたりして、雪まみれになって遊んでいた。

――集落も、今は雪だろう……。

今の秋の波のように、はしゃぎまわっているだろうか、と思う。

「こはく、どこいってたの？」

庭から秋の波が聞いてくる。

「緑瑛殿《りょくえいでん》のところです。試してほしい香があると誘われまして」

正月明けから、琥珀は少しの間――一時間程度なら――部屋の外に出てもいいと許可が出た。

それを知った他の稲荷《いなり》から、お茶などに誘われることが増えていた。

「りょくえいどののところも、いつもいいにおいするんだよなぁ……」

「今度、白狐《びゃっこ》様が客人を招かれるそうなのですが、その時、部屋に焚《た》く香を合わせてほしいと頼まれたとのことで……新作を」

「そうなんだ。そういえば、このまえ、とつくにから、りょくえいどのに、いっぱいいいろいろとどいてた」

「そのようですね。お部屋にも、印度《インド》から届いたという香が。人工香料を使ったものが多いようですが、組み合わせの妙などを参考にされているようです」

「べんきょうねっしんだなぁ……」

感心した様子で言う秋の波に、

「もともと、お好きなことのようですから。……秋の波殿、お寒くはありませんか？　もしよければ部屋でお茶でも」

琥珀が誘うと、秋の波は、

「いく！」

即答して、少し先にある階段まで、てってってと走っていった。

そして階段の上り口で琥珀が来るのを待つと、

「だっこして。ゆきでぬれてるから、このままあるいてくと、あしあとついちゃって、おこられちゃう」

悪びれもせず、琥珀に抱っこをせがむ。

その素直さに微笑みながら、琥珀は階段を下り、秋の波を抱き上げて部屋に戻った。

足の裏を布で拭ってやったあと、畳の上に下ろすと秋の波は人の姿を取った。そして琥珀の部屋に置いてある自分の葛籠《つづら》から服を取り出し、着替え始めた。

しょっちゅう遊びに来るし、泊まっていくこともあるので、秋の波が「こはくのへやにも、きがえとか、ひとそろおいといて」と言って持ってきたのだ。

秋の波が着替えている間に琥珀は茶を淹れた。

部屋係としてついてくれていた若緑《わかみどり》は、琥珀が部屋の外に出てもいいという許可が下りたことで、部屋係から外れ、本来の稲荷の仕事に戻った。

それでも、一日に一度は必ず訪れて、不足はないかと聞いてくれるし、茶葉や茶菓子なども琥珀が足りないと思う前に補充してくれている。

「一人前の稲荷になられたのに、私のために任を外れて部屋係として長くついてもらっただけでもありがたいというのに、本来の任に戻られてからも気遣ってもらって……申し訳のない気すらします」

茶を飲みながら、琥珀は秋の波に言う。

だが、秋の波は茶菓子を食べながら、

「べつにいーんじゃないかなー。わかみどりどのも、こはくのふぁんだから、なにかとりゆうつけてかかわれるのが、うれしいみたいだし」

気軽に返してくる。

「そうでしょうか?」

「うん。わかみどりどの、へやがかりからはずれるときに、こはくがげんきになったってことだからいいことなんだけど、さみしいっていってたの、あれ、がちだとおもうし。そのあと、べつのへやがかりをっていわれたときに、こはくがことわったの、ちょっとうれしかったみたい」

秋の波の言葉は意外で、琥珀は首を傾げた。

「嬉しい……ですか？」

もともと、若緑が部屋係に戻って琥珀についてくれることになったのは、初対面の者よりも、一度でも琥珀の部屋係をした経験がある者のほうがいいだろうという配慮があったからだ。

実際、若緑は琥珀の好みなどを、伽羅《きゃら》からもレクチャーされただろうが、把握してくれていてすべてをそつなくこなしてくれた。

それは、養生する中で、些細なことでナーバスになってしまう時期には本当にありがたかった。

もし、若緑でなければ、細かな部分で気になる点がいろいろあっただろうと思う。

だが、若緑にとっては一時とは言え「キャリアの中断」になる。

特に若緑は部屋係からなかなか一人前の稲荷に上がることができないのを気にしていたので、念願の一人前の稲荷になってすぐに、また部屋係に戻るようにと言われて、がっかりしたのではないかと思っていた。

もちろん、部屋係としてついてくれている間、そんなそぶりはまったく見せることはなかったが、そういったことを気取られないようにするのも、部屋係としては必要だ。

琥珀としては、申し訳のない気持ちが先立って、秋の波の言葉を意外としか思えなかったのだが、

「こはくが、つぎのへやがかりをおいたら、『なにかふじゆうないですか』って、たずねてくるのもできなくなるじゃん。あえるこうじつっていうかさー、こはくとせってんもてるじゃん」

「そうでしょうか……？」

「ぜったいそうだって！　こんど、わかみどりどのがへやにきたら、おちゃでもいっしょにって、さそってあげたらいいとおもう。ぜったいよろこぶし！」

秋の波の指南に、

「そうですね。若緑殿が結局全部準備をしてくれることになりそうですが」

苦笑しつつ、琥珀が返すと、

「それでいいってー。こはくにきゅうじまでされたら、わかみどりどの、きょうしゅくしまくっておちゃどころじゃなくなるから」

あり得そうなことを言われて、琥珀は妙に納得した。

「こはくがいてくれてうれしいのは、おれもいっしょなんだけどさー」

秋の波はそう続けながら、二つ目の茶菓子を手に取った。

「何か問題がありましたか？」

「もんだいっていうか、かげともなんだけど」

少しふくれっ面で秋の波が出した名前は、秋の波の恋人である七尾の稲荷のものだった。

「影燈《かげとも》殿がどうかなさいましたか？」

「あいつさー、さいきん、とまりになるしごとふやしてんだぜ？　『こはくがいるから、さみしくないだろ？』とかっていってさー！　おれのこと、ちょっとほったらかしにしすぎ！」

おかんむりな様子の秋の波だが、その姿さえ愛らしくて琥珀は微笑ましさしか覚えなかった。

とはいえ、秋の波が拗《す》ねたように怒るのも無理はない。

秋の波はもともと五尾の立派な稲荷で、琥珀と年齢もそう違わなかった。

だが、勧請された先の鉱山で栄えた集落が衰退するにつれて、力を失い、そこを未だ正体の掴めぬ連中に付け入られて野狐《やこ》となってしまったのだ。

穢《けが》れに魂を喰《く》われ、わずかに残った清浄な部分で作れたのは赤子の体だった。

それでも、ここまでに成長し、そして奇跡的に以前の記憶もほぼ取り戻していた。

頭脳面も大体当時のままなのだが、いわゆる感情面だけは子供の体に影響を受け——それにもともと、秋の波は綺麗にいえば『少年のような心を失わない』稲荷だった——些細《ささい》なことで泣いたり笑ったり、大忙しなのだ。

だから『任務のためとはいえ、恋人が最近忙しくてかまってくれない』というのは、頭では『仕事だし』と分かっていても、ご立腹案件なのである。

「では、今宵はこちらで一緒に過ごしましょうか？」

琥珀から誘うと、秋の波はぱぁっと笑顔になり、

「うん…！　あっ！」

承諾の返事をした直後に、大事なことを思い出した、という顔をした。

「何か御用事を思い出されましたか？」

問う琥珀に、秋の波はバツが悪そうな顔をした。

「うん。ははさまが、あしたのごぜんちゅういっぱい、おやすみとったから、きょうのしごとおわったら、こっちくるって」

秋の波の母親は、七尾以上のエリートが集められている別宮で長を務めている金毛九尾の才媛である。

忙しい彼女――別宮は、「社畜の宮《しゃちく》」などと呼ばれることもある激務で有名なところだ――が休暇を取ることはなかなか難しく、今回の半休もかなり前から綿密にスケジュールを調整しただろうことが窺える。

「そうですか、玉響殿《たまゆら》がおいでになるのですね」

琥珀が言うと、

「せっかく、こはくからさそってくれたのに」

秋の波は残念そうに返してきた。

「激務の合間を縫っておいでになるのですから、母君と過ごされる時間も大事になさらないと。私はまだしばらくこちらで御厄介になるのですし、いつでも泊まりに来てください」

琥珀がそう言わずとも、秋の波はたびたび泊まりに来ているのだが、改めて言葉にされて嬉し

かったのか、

「だから、こはくだいすき！」

ストレートに秋の波は笑顔で返してきた。

その秋の波の姿に、

『こはくさま、だいすき』

同じように、いつもまっすぐに感情を向けてくる陽の姿を、琥珀はやはり重ね合わせたのだった。

◇◆◇

玉響が別宮での仕事を終えて本宮に来たのは、秋の波が湯あみを終えて、いつも過ごしている影燈の部屋で本を読んでいた時だ。

「秋の波、いますか？」

廊下から聞こえた玉響の声に、秋の波は急いで本を閉じて小走りで襖戸に向かい、勢いよく開ける。

「ははさま、いらっしゃい！」

笑顔で出迎える秋の波を、玉響は愛しくてたまらないといった様子で微笑んで抱き上げた。

「もう、湯あみを終えたのですね」

「うん、さっきあがってきたとこ！」

「もう少し早ければ間にあいましたなぁ……。まあ、仕方の無きこと」

玉響が少し残念そうに言うのに、

「まにあっても、ははさまといっしょにはいるのは、ちょっとなー。おれ、いちおう、なかみはせいじんしてるし」

少し考えるような顔で返す。

「そうでございましたなぁ。秋の波はいつでも愛らしいゆえ、母様はついそれを忘れてしまいまする」

そう言いながらも、玉響はにこにこ笑顔で秋の波を見つめる。

何しろ、秋の波の一度目の子供の頃は玉響は別宮の任務についたばかりで、今以上に忙殺されていたため、秋の波と接していた時の記憶があまりないのだ。

それに少し成長した頃から秋の波は本宮の養育所に入り、他の子狐たちと同様に会う回数も限られていた。

秋の波の身に起きたことは不幸なことだったのだが、二度目の子供時代を大切にしようと玉響は心に決め、できる限り時間をつくって秋の波と過ごすようにしているのだ。

「では、秋の波、客間へ参りましょう」

玉響はそう言って、秋の波を抱き上げたまま、準備されている客間へと向かった。

別宮の長をしている玉響は、本宮に私室を持っていない。以前は持っていたのだが、ほとんどこちらには戻らないため、他の稲荷に譲ったのだ。

そのため、比較的頻繁に来るようになった今は、客間を借りている。

湯あみを終え、寝支度を終えた玉響は、秋の波が寝転んでいる布団の中に入ってきた。

「ははさま、いいにおいする」

「秋の波は鼻がよいなぁ。月草殿《つきくさ》から練り香をいただいたのじゃ。これは水仙の香じゃな」

「あいかわらず、つきくさどのとは、なかよくしてるの？」

「文のやり取りは頻繁にしておりますよ」

「じゃあ、でかけたりとかは、あんまりしないかんじ？」

「互いに忙しいゆえなぁ。出かける時はそなたや陽殿もともにじゃな」

微笑みながら玉響は言う。

「そうだよなー。ははさまも、つきくさどのも、いっそがしいもんなぁ……」

言われてみれば納得ではある。しかし、

「でもさ、おんなのひとだけで、はなしたりしたいこととかもあるだろ？　こいばな、みたいなのとかさ。ははさまも、つきくさどのもきれいだから、そういううわいたはなし、じょうじ、みっつ、よっつあるだろ？」

女性と言えば、そういう話が好きなイメージがある。

子供の手前できない話もあるんじゃないかと思って聞いたのだが、

「推《お》しの話より楽しいものはありませぬよ。互いの推しの尊さを語る楽しさは、時間を忘れまする」

にこにこ笑って玉響は言い、思い出したように枕元に置いた携帯電話を手に取り、秋の波の寝姿を写真に収める。

なお、この携帯電話は連絡用ツールではない。月草と会った時に推しの尊い姿を見せあうためのものだ。

無論、玉響の最推しは秋の波であり、月草の最推しは陽なのだが。

「ふたりとも、びじんなのに」

秋の波はそう言ってから、

「ははさまは、ととさまがなくなってから、さいこんとか、かんがえたことなかったの？」

不意に聞いてみた。

秋の波の父は、普通の狐だった。

それゆえ、寿命は短く、彼が逝ったのは秋の波が変化もできぬほどの幼い頃だ。

以来、玉響は未亡人のままである。

一度や二度くらいは、何かあったんじゃないかと思ったのだが、

「まったくありませぬなぁ」

玉響は即答した。

「え、そうなの？　ぜんぜん、ないの？」

「別に再婚はしない、などと決めていたわけではありませぬよ。ただ、我が君以上に心を動かされる相手に出会わなかっただけのことです」

穏やかな様子で玉響は言う。

「……さみしく、ない？」

もし自分なら、寂しくてたまらないと思う。

影燈と、ずっと会えなくなる。

それを覚悟した時があった。

あの鉱山の集落で祠《ほこら》が朽ちるのを待つだけだったあの頃だ。

寂しくてたまらなくて、怖くて、会いたくて仕方なくて――。

「我が君がいなくて寂しいと思ったことは、何百回も。今になっても、ここに我が君がおいでであればと思うこともありまする。ですが、かくも長い間寂しいと思えるほどに愛しい相手と巡り合えたことは、幸運だと思うのですよ」

そう言う玉響は、愛しくてたまらないという顔をしていた。

「……だったら、なんで、ととさまをしなせなくてすむじゅつをつかわなかったの？」

そういう術が存在する。

玉響の力を分け与えることで、それが可能になるのだ。

「そうしたら、ははさまがいきてるあいだは、ずっとととさまといっしょにいられたのに」

その術の存在を知らなかったわけではないだろう。

それなのになぜ、と思う。

「提案はしたのです。ですが、我が君は首を縦にはなさらなかったのじゃ」

「どうして？　なんで、ととさまはいやだっていったの？」

幼くて父親の記憶はさほど多くはない秋の波だが、その多くない記憶の中でも玉響と父親の仲はとてもよかった。玉響とともに生きることを拒んだ理由が分からなかった。

当然な秋の波の疑問に、

「一介の狐として生まれたゆえ、死ぬのは道理、と……。気高いお方であられたゆえ、わらわもそれ以上は言えずなぁ…」

寂しげだが、納得した顔で玉響は返した。

だが、秋の波は複雑な気持ちだった。

「おれは、もっと、ととさまといっしょにいたかった。いっしょにあそびたかったし、ととさまみたいに、たかくとべるようになったとこもみてほしかったし……おおきくなったおれのことも、みてほしかった」

そう返した瞬間だった。

——我とともに来るなら、おまえの愛しい相手と会わせてやろう——

脳裏に誰のものとも分からない言葉が蘇《よみがえ》った。

いつ、誰に言われたのか覚えていない。

けれど——魂に刻まれていた言葉だと分かる。

心の底から冷えるような感覚に襲われ、秋の波は玉響にギュッとしがみついた。

「秋の波？　いかがしたのじゃ？」

「……ととさまのこと、おもいだしたら…ちょっとさみしくなった」

案じてくる玉響の声に、秋の波はそう言ってごまかした。

その秋の波の背中を、玉響は優しく撫《な》でる。

「そうじゃなぁ、母様も寂しく思いまする」

出会った時に恋に落ちたのは玉響のほうだ。

できるだけ長くと思いながらも、愛しく思う相手に無理を通すことはできなかった。

——必ず、生まれ変わる。俺は、おまえのことを覚えてはいられぬだろうが、おまえは俺を覚えていてくれるだろう？——

死が迫りつつあった時に、彼が言った言葉だ。

何の気負いもなく、穏やかな声だった。
――だから、俺を探してくれ。そうすれば、また俺はお前とともにいられる――
来世を約束する言葉。
それがあるから、会えない寂しさですら、愛しくなる。
――我が君、早く会いとうございますなぁ……。
胸のうちで、玉響は呟いた。

## 2

山奥の古い集落跡にある、どう頑張っても廃墟《はいきょ》にしか見えない家の中からは、かすかな物音が聞こえていた。

小さな白い手が、絶妙のバランスで積まれていた積み木を容赦なく崩す。

ガシャン、と音を立てて崩れ落ちるその様子に、楽しげな声を上げる一人の赤子がいた。

名を、淡雪《あわゆき》という。

見た目はたいそう愛らしい赤子であるが、人の子ではなく、烏天狗《からすてんぐ》の赤子だ。

とはいえ、アルビノといって、色素を持たず生まれてきたために、肌も髪も白い。

そして瞳は紅玉のような赤だ。

崩した積み木をまた手にとって積んでいく。

三段ほど積んではまた崩し、きゃっきゃと声を出して笑っている。

——また、一人賽《さい》の河原《かわら》ごっこやってんのか……。

その淡雪の様子を見守るのは、烏天狗の総領で淡雪の異母兄である橡《つるばみ》だ。

正直、この淡雪の遊びの何が面白いのかよく分からないが、無害な遊びで楽しんでいる分には平和なので、とりあえず放置だ。

何しろ淡雪は『白い悪魔』だの『夜泣き王』だのと、その愛らしさからは連想できない、よろしくない異名を戴いている。

赤子というのは基本的に好奇心旺盛なものだろう。

見るものすべてが珍しく、手に取りたくなる。そしてなぜか口に入れる。気に入ったことはなぜか無駄に繰り返す。気に入ってなくても無駄に繰り返す。

大体そんなものだ。

それは淡雪も同じだった。

ただ、手に取られたのが椽の部下の烏たちだった。

椽の不在時、彼らが淡雪をみていたのだが、最初は羽をむしる感触が気に入り、その次は羽をヒラヒラ宙に舞わせる楽しさにハマり、そして尾羽といわず翼といわずしゃぶりたくられて唾液でべたべたにされた。

だがやりたい放題されても、赤子の淡雪を叱ったところで無駄だし、何より総領の異母弟だ。攻撃するわけにもいかないため、されるがままになるしかなかったのだ。

一時期、椽の部下の大半が丸裸寸前まで羽を抜かれ「風邪ひいちゃう！」状態になった。もちろん椽が術で早めに生えてくるように促したため、大事には至らなかった。

だが、今でも留守時に淡雪の世話を頼むと「…………はい…」と溜めの長い返事をされる。

はい、と返事をしながらも、あからさまな不服を感じるので、できるだけ淡雪を連れていくことにはしているのだが、真面目な話し合いの場にはさすがに連れていけない。

抱いていて大人しくしてくれていればいいのだが、泣く、わめく、挙げ句の果てに海老反る惨事である。

しかし、まだそれはいい。

現時点で橡が一番被害を被っているのは淡雪の夜泣きだ。

眠れないだけなら、まだいいというか、それだけでもつらかったのだが、切実になりつつある問題が存在する。

倉橋《くらはし》との件だ。

これまでに何度かあった倉橋とのいちゃいちゃタイムを、ことごとく淡雪に潰されてきて、未だに清い——完全に清くはないわけだが、まだ一線を越えてはいない——交際を更新し続けているのである。

「なあ、淡雪。おまえ、俺になんか恨みでもあんのか?」

橡は声をかけてみたが、淡雪は真剣そのものの顔で積み木を積んでいる。

顔だけを見ていれば、「寄らば斬る」くらいの真剣さだ。

つまり、橡のことなど完全無視だ。

「俺、けっこうおまえに心を砕いてるつもりだぞ?」

癇癪《かんしゃく》にもわりと真面目に向き合っているし、夜泣きが始まれば泣きやむまで抱っこをして、なんなら空を飛んだりして、気分転換をしてやっているのだ。

しかし、真面目な顔で積み木と対峙する淡雪は、珍しく三つ目の上にさらにもう一つ積み木を積もうとしている最中だった。

いつも三つ目で賽の河原を崩す淡雪にしては、久しぶりの四つ目チャレンジである。

そして、四つ目に三角の積み木を積んだあと、お約束のように二段目をだるま落としのごとく手で撥ねのけた。

かちゃん、と音を立てて積み木が崩れ落ちる。

「きゅははっ」

御座敷遊びに成功した旦那のような声を上げて喜ぶ。

――まったく聞いちゃいねぇな……。

ため息をつき、椽は崩れてやや遠くまで飛んだ積み木を拾い淡雪の許に集めてやる。

「なら、あれか？　前世の恨みとか、そういうのか？」

集めた積み木を手渡してやりながら、ついうっかり恨み節を言ってしまうのは、そうとでも思わなければ、いたずら、癇癪、起きている間の倉橋の独り占め――淡雪が起きて倉橋が抱っこしている間は、椽が倉橋と話そうとすると、漏れなく倉橋と椽の間を邪魔するように頭を向けたり、手を振ったりしてくる――、さらには、ちょっといい雰囲気になった頃合いを見計らっての夜泣きなど、数々の悪行をしかけてきて、やってられないからだ。

正直、前半は慣れているからいい。

だが、倉橋絡みは遠慮しろ。

全力で遠慮しろ、と言いたいことこの上ない。

とはいえ、倉橋はと言えば、

「淡雪ちゃんが夜泣き王なのは今に始まったことじゃないだろう？　別にそういう時を狙ってるわけじゃないと思うよ？」

と、さして気にしている様子もない。

癇癪を起こすのも橡に甘えているからだ、と言うのだ。

「なんだかんだいって、橡さんは優しいからね。何をやっても橡さんが自分を見捨てないって分かってるから、安心して感情をぶつけてるんだよ。まだ話せないから、こっちは何に怒ってるのか、何を伝えたいのか分からなくて困っちゃうけど、淡雪ちゃんと意思の疎通ができるようになれば、少し変わると思う」

と理解を示していた。

そうなると、自分だけが焦って空回りをしているような気持ちになる。

そんな自分の浅ましさを感じるが、倉橋との関係を進めたいという欲望は日ごとに募る。

そして、散々倉橋の戸惑う様子が可愛らしくて楽しんでいたが、いざ関係を進めようとした現状での淡雪の妨害には焦燥感しかない。

「……なあ、おまえ、何で邪魔するんだよ」

真面目なトーンで聞いてみる。

赤子に真面目なトーンで聞く時点で、かなり追いつめられているとしか言いようがないわけだが、淡雪が聞いている気配はみじんもない。

無我の境地に至ったような顔で積み木と向き合っている。

——おまえは修行僧か。

そして、それは何の修行なのか。

橡は心の中で突っ込むと、大きめのため息をついた。

「言っておくが、このままだとおまえにもマズイ状況になるかもしれねえんだぞ」

橡が呟くと、不意に積み木を積もうとしていた淡雪の手がぴたりと止まった。

そして橡を見る。

その顔は「どういうことか、詳しく聞かせてもらおう」とでも言っているように真剣なものだった。

——まさかな……。

これまで散々無視されていたことから考えると、橡の言葉を理解したとは思いづらい。

ただの偶然だろうとは思うが、万が一の奇跡ということもある。

橡は乱れた胡坐《あぐら》をかきなおし、淡雪と向き合った。

「このまま、俺と倉橋さんの関係が進展しない場合、ないとは思うが、もしかすると倉橋さんは人間の恋人を作る可能性がある。あの人のことだ、モテねぇはずがないだろ？」

淡雪は微動だにせず、椽の言葉を聞いている。

「それから、俺と倉橋さんの間に何もない、繋がりの弱い状況で俺にもしものことがあれば、おまえのことは可愛いと思ってくれてるから気にかけてくれるとは思う。だが、今のようには会えねえだろう。それにその逆もある。もし、あの人に何かあった場合、今の俺には打てる手が何もねえ」

もし、この前の事故のようなことが起きても――考えたくもないが――手の打ちようが限られてしまう。

椽の言葉の真剣さが伝わるのか、淡雪も黙ったまま椽を見ていた。

「とりあえず、俺は、あの人と既成事実を作ろうと思ってる。そのためにはおまえの協力が必要だ。……夜泣きせずに一晩、いけるか？」

直談判する椽に淡雪はしばらく考えるような間を置いた。そして、言った。

「まんま……」

まさかのご飯要求だった。

――やっぱり聞いちゃいねぇ……。

がっくりだし、赤子相手に真剣に語ってしまった自分が不憫《ふびん》だし、情けないし、滑稽だし、力が抜けた。

とはいえ、ご飯要求を無視すれば癇癪が起こるのは目に見えている。

「はいはい、とりあえずミルク飲んで繋いでくれ、あとで伽羅の家へ行くぞ」

橡は立ち上がり、淡雪の粉ミルクの準備を始めたのだった。

◇◆◇

その頃、香坂《こうさか》家ではシロが留守を守っていた。

もちろん、龍神《りゅうじん》も家にいるのだが金魚鉢の中でじっとしたまま動こうとしない。まあ、それはいつものことだし、何かあれば起きるだろう。

タツノオトシゴの姿になっているとは言え、腐っても——腐敗してはいないが——龍神だ。

そんなわけで、シロは日中ほぼ一人状態だが、退屈かと言えばそうでもない。

「ふむ……ここが5か7とすれば…こちらは2…」

熱心にやっているのは数独と言われるパズルだ。

外国の言葉や新しい言葉がどんどん問題に入ってくるクロスワードと比べると、数字だけで解

けるパズルはルールが簡単で、かつ、奥が深い。

一冊丸ごと数独の雑誌を涼聖《りょうせい》が、留守の間の退屈しのぎにと買って来てくれて、今はそれに夢中なのだ。

だが、そのシロの耳に庭で何か物音がしたのが聞こえた。

それにハッとして、縁側へと急ぐ。

そしてガラス越しに確認するが、どうやら積もった雪が枝から落ちただけのようだった。

――ゆき、でしたか……。

少しがっかりしてしまうのは、もしかしたら、と思うことがあるからだ。

あの赤い目の男についてである。

あれからあの男は一度も来なかった。

話の途中だったので、いつか来るのではないかと思っていたのだが、来ないまま冬が来て、年を越した。

会ってどうするというのではないのだが、気になるのだ。

――なにかごようがあれば、またいらっしゃるでしょうし……。

待つことには慣れている。

染乃《そめの》が入院してしまってから涼聖がここにやってくるまで、ずっと一人だった。

それを思えば今は、賑やかなものだ。

「しかし、やはりえんがわはひえますね……」

ガラス戸が閉まっているとはいえ、サッシではないので、どこからともなくすき間風が入ってくる。

その縁側にはきなこの段ボールハウスがあった。

雪が降るようになってから、雨風はしのげても環境が過酷すぎるだろう、という涼聖の配慮で、きなこの段ボールハウスは冬と縁側の下まで雨が吹き込みそうな時だけは縁側の上――つまり室内――に格上げされることが決定した。

とはいえ、きなこは孤高を保つ半野良なので、縁側を行き来はしていても、部屋の中には入ってこない。

線引きのしっかりしている、意識の高いきなこである。

だが、餌はすでに香坂家でもらい、なんなら段ボールハウスとバスマット、そして毛布のお古をもらい、あまつさえ猫トイレも完備してもらっているので、ほぼ家猫のようだ。

さらにいえば伽羅にブラッシングをされて、うっとり半目になり舌までしまい忘れる始末だったりもするわけだが、きなこの気持ち的には、まだ半野良のようである。

シロは陽のおもちゃ箱からいくつか積み木を運んできて、きなこの寝ている段ボールハウスの前に積み上げて階段を作ると、それを上ってきなこの許に行った。

そして丸くなって寝ているきなこに寄り添い、暖を取る。

きなこは一瞬身じろいで薄く目を開けたが、シロだと分かるとまた目を閉じて寝始めた。

ふわふわのきなこの冬毛に包まれながら、シロは庭を眺める。

「ぬくぬくしながら、ゆきげしきをみつめるというのも、ふうりゅうなものです……」

御満悦な気持ちで風流気分を味わっていた時だった。

軽く雪を踏む音が聞こえ、シロはその音がしたほうへと目を向けた。

庭の隅に、あの男が立っていた。

サングラスをしているが、間違いなく、あの時の赤い目の男だった。

「あ……」

家の様子を窺っていた男は、段ボールの縁から顔を覗かせているシロに気づいたらしく、軽く会釈をしてきた。

それにシロも会釈を返し、いそいで段ボールから出ると、重いガラス戸を押し開けて顔を出した。

「おさむいでしょう、どうぞこちらへ」

声をかける。

そのシロの声に、男は、やはり、と思いながら、頭を横に振った。

「あまり家に近づくことは……」

言葉を濁す男に、シロは某《なにがし》かの事情を汲み取った。

この前も伽羅が帰ってくる気配で姿を消したのだ。

それを考えると、ここに来たことを知られたくないのだろう。

もちろん、それは「この家を守る」ことを考えれば、来たことを知られたくないという男の行動は危険を招くことに繫がるのは、シロにも分かる。

だが、シロにはどうしてもあの男が「悪い」ようには思えなかった。

「しばし、おまちくださ い」

シロはそう言うと、再び積み木の階段を上って段ボールに戻り、気持ちよさそうに寝ているきなこを起こした。

「きなこどの、きなこどの、おきてください」

ぺちぺちと顔を叩きながら声をかけてくるシロに、きなこは目を開けると面倒くさそうにあくびをした。

「きなこどの、たのみがあります。われを、あのかたのもとまで、はこんでもらいたいのです」

シロの言葉にきなこは軽く頭を上げ、庭を確認した。

男までの距離、約十メートル。

積雪、約十五センチ。

きなこは目を閉じ、再び寝ようとした。

つまり「嫌」だ。

雪の庭をかけ回るのは犬の仕事で、猫の仕事はこたつで丸くなることだと古来決まっているのだ。

「きなこどの！」

シロは寝ようとするきなこのヒゲを引っ張った。

「はるどのにたのんで、チュルルを、おおめにもらえるようにします……」

その言葉にきなこは目を開けた。そしてのっそりと起き上がるとシロが階段を使って段ボールの外の出るのを待って、自身はひょいっと軽く段ボールを跨《また》いで出た。

そしてシロが開けていたガラス戸のすき間を自分の体が通る分くらいまで手で押し開け、先に踏み石の上に降りる。

そうすると、自分の背と縁側の高さがフラットになり、シロが乗りやすいことが分かっているからだ。

「おじゃまします」

シロは断りを入れてからきなこの背中に乗った。

それを確認してから、きなこは降り積もった雪の中をかきわけながらその男の許までシロを連れていく。

男の足元までくると、

「おひさしぶりです」

シロは男に挨拶をした。それに男はただ頷く。

「もうしわけありませんが、きなこどのにはえんがわへもどっていただこうとおもうので、かのうであれば、われをてにのせていただけませんか」

シロが言うと、男は戸惑いつつサングラスを外し、ああ、と言ってそっと背をかがめるとシロへと手を差しだした。

シロは、失礼します、と断って男の手のひらの上に移動する。

きなこはそれを感じ取ると、お役御免とばかりにさっさと戻っていき、するりとガラス戸のすき間から中に入っていった。

それを見ていた男は、

「戻る時は、またあの猫を？」

そう聞いてきた。

「いえ、きなこどののあしあとを、とおってもどります。このゆきのたかさでは、われがすすむことがむずかしかったので……」

つまり、シロはきなこをラッセル車代わりにしたようだ。

確かにこの雪の高さでは、シロの身長では進むのが一苦労だろうと、男は納得した。

その男に、シロは聞いた。

「しつれいながら、つうじょうの『ひと』ではないようにおみうけします」

男はただ頷いた。だが、黙したままだ。

「そういうわれも、みてのとおり、ひとではないのですが」

沈黙が気まずくなる前に、シロは笑って言ってみる。

――やはり、似ている……。

シロの表情に、男は改めて思いながら聞いた。

「……以前、名前を忘れたと伺ったが」

「はい」

「千代春《ちよはる》、という名前に、何か感じるところは？」

男の言葉に、シロは首を傾げた。

「……ものがたりであれば、ここでわれが『あっ』というかおをして…というところなのでしょうが、とくにかんじいるところは……。もうしわけありません」

謝るシロに男は頭を横に振った。

「いや、そなたに謝ってもらわねばならぬことでは」

男は言ったが、落胆しているのが分かる。

「そのかたが、あなたさまの、さがしびとなのですね」

「ああ」

「……ちよはる…」

シロは再びその名前を呟いた。そしてややしてから。

「とくべつにかんじいるわけではない、というのはかわりませんが、ききおぼえのあるなのようなきもします……」

明確なことは言えないが、少なくとも『初めて聞いた』という感じではなかった。

「本当か……」

「われのなであったのか、きょうだいやとものなであったのかはわかりませんが……。それに、めずらしいなというわけでもないようにおもいますので、われのおもう『ちよはる』どのが、あなたさまの『ちよはる』どのとおなじかどうかは」

シロが覚えているのは、自分が「こうさかたかのじょう」の嫡子であったことと、他にも兄弟がいたこと、そして母親がなでしこの花が好きだったことなど、断片的なものばかりだ。

「なにぶん、いろいろ、あやふやなことばかりで……」

「いや、こちらとて、あなたがそうだと確証があるわけでもなく……」

ただ、声が、あの人のものだ。

そして、面影がある。

——忘れてしまったというのは、忘れてしまいたいほどの記憶だったということではないのだろうか……。

男がそう思った時、ふっとある気配がした。

「そろそろ、戻らなければ」

「そうですか。では、われをおろしてください」

シロの言葉に男はゆっくりとシロを地面に下ろし、言った。

「いつになるか分からぬが、また伺ってもいいだろうか」

その言葉にシロが頷くのを見ると、男はそのまますっと姿を消した。

——おなまえをうかがうのを、わすれてしまいました……。

すぐにそのことに気づいたが、また来ると言っていたので、その時に聞けばいいだろう。

シロはそう思いながら、きなこが通った跡を歩いて家まで戻る。

石段の下までくると、不意に手が差し出された。

それを見上げると、人の姿を取った龍神がいた。

「そなたの体では石段を上るのもむずかしかろう。乗れ」

「ありがとうございます、では、えんりょなく」

シロは差しだされていた龍神の手の上に乗った。

「雪の中、庭の散策か」

問う龍神に、

「きなこどのとたわむれにでかけて、ふりおとされたのです」

さらりと嘘《うそ》をついた。

それに龍神は特に疑った様子も見せず、シロを縁側の中へと戻すと、ガラス戸を閉めた。

「そろそろおやつ時だが、茶にせぬか」

聞いてくる龍神にシロは頷く。

「いたしましょう！」

今日のおやつは伽羅の手作りプリンだ。

シロ一人では食べるのが難しいため、朝、出かける前に龍神へシロと一緒に食べるようにと頼んで行ったのだ。

龍神はもちろん、

「我の分もあるのだろうな」

と聞くのを忘れず、冷蔵庫の中の、龍神、と名前を書いたシールの貼られた容器がそれだと言われて快諾していた。

「茶はどれにする」

「プリンですから、こうちゃにしましょう」

「紅茶か……あれもなかなか奥が深い」

伽羅が手嶋《てしま》の家でケーキ作りを習うようになってから、香坂家にもいろいろな紅茶の茶葉が置かれるようになった。

もちろん、伽羅がその日のおやつに合わせて用意するからである。

「セカンドフラッシュの茶葉の強い感じもいいんですけど、ファーストフラッシュの柔らかな感じもいいんですよね……」

　何事にもすぐにはまり、そのまま深くまで追求する伽羅は、茶葉についてもうっとりと語る始末だ。

　琥珀が戻ってきて時間ができたら、間違いなくオリジナルブレンド作りを始めるに違いないと踏んでいる。

「カラメルソースが強めだと言っていたからな、ウバくらい強めでもいいだろう」

　酒以外には『飲めればいい』ような感じで興味がなさそうに見える龍神だが、伽羅にあれこれ講釈されるうちに詳しくなっていた。

　よって、ポットのお湯で淹れず、わざわざ水道水をヤカンで沸かすところから始める。

　ポットのお湯はティーポットを温めるために使われた。

　そう、急須ではなくティーポットだ。

　最初は急須で入れていた伽羅だが、

「やっぱり雰囲気作りも大事だと思うんですよね」

　と、こちらも購入していた。

　そのうちティーカップも増えそうだなと踏んでいるのは、シロと龍神だけではないだろう。

「では食べるか」

　お茶とプリンの準備を整え、居間に落ち着いた龍神とシロは、ゆっくりとおやつを楽しみ始める。

伽羅が準備してくれたプリンは基本の材料で作るシンプルなものだが、牛乳と生クリームを混ぜて使うためコクがある。

それに合わせて底のカラメルが強めなのだが、それもまたバランスがいい。

「ああ……しあわせです…」

シロは自分の皿に出されたプリンをひと匙《さじ》すくって食べると両手で頬を押さえる。

シロ用と言ってもシロが一人で食べる分には大きいので、残れば龍神が食べるだろう。

「我が復活した暁には、伽羅を専属料理人として雇い入れることを真剣に検討したほうがよいだろうな」

龍神も真面目な顔で言う。

その龍神を見ながら、シロは少し安堵《あんど》する。

もしかすると、あの赤い目の男と会っていたことに龍神が気づいているかもしれないと思ったのだ。

――どうやら、だいじょうぶのようですね……。

龍神が寝ている時なら、家からあの程度離れれば敷地内でも大丈夫らしい。

――きゃらどのがまた、にっちゅうずっといらっしゃるようになれば、かんがえねばならぬでしょうが……。

それまでは、あの距離で安全なのだろう。

――また伺ってもいいだろうか――
男の言葉が脳裏によみがえる。
探し人は自分ではないかもしれない。
だが、誰かが「自分に会いに来てくれる」嬉しさを、シロは感じていた。

3

陰鬱な鈍色《にびいろ》の空には、太陽もない。

しかし、一定の明るさを保っている。

人の世界でも、神の世界でもない空間に、その神殿はあった。

長く迷路のように入り組んだ回廊にはろうそくが灯されているが、薄暗く、物陰に大して力もない使い魔がこそこそとうごめいている。

その回廊を、赤い目の男は迷わずに進み、ある部屋に出た。

高い天井を有するその空間の床には八角形の魔法陣が描かれていた。

中央には巨大な光の玉があり、この場には不似合いなほどに清らかな光を放っていた。

そして八角形の頂点のそれぞれに設けられた『座』には犬、蛇《へび》、狐、人間らしきものが据えられており、一心不乱に祈っているように見えた。

それを魔法陣のそば近くで酷薄な笑みを浮かべて見つめる男がいた。

年は三十半ばほどだろうか。

この空間を覆う空のような鈍色の目をした細身の男だ。

長い黒衣を纏い、鉄色の長い髪を緩く後ろで結わえている。

「聞きたいことがある」

赤い目の男はその男に声をかけた。

「……なんだ」

「千代春君《ぎみ》は、本当にまだ転生されていないのか」

問う言葉に、細身の男は面倒くさそうに視線を向けた。

「まだだと言ったはずだ」

「それは、確かか」

さらに確認しようとした言葉に、

「くどい」

細身の男は一言言うと、二本揃えた指先を口の前に添え立てて、何やら呪文を口にした。

その瞬間、赤い目の男は頭を押さえて蹲《うずくま》った。

「う…あっ、あ」

頭を締めつけられるような痛みに、顔が歪む。

細身の男はその様を見下ろし、

「そろそろ犬神の力が尽きる。交代させておけ」

そう言うと出ていく。

それと同時に頭を締めつけるような痛みはなくなったが、痛みの余韻に顔をしかめながら、赤

い目の男は、部屋の端に控えている動物の中から三尾のうつろな目をした狐を連れてきた。

そして崩れ落ちるように『座』に倒れ込んだ犬神と交代させる。

『座』から出された犬神は、まるで塵《ちり》のようになって消えた。

その様子を赤い目の男はただ見下ろした。

これまで幾度となく見てきた光景だ。

様々な衰退した祠から連れて来られた『神』たち。

その力を最後まで吸い上げられ、何も残さず消え去る。

そんなものだと思ってきて、これまでは何も感じることはなかった。

だが、今日はなぜか心の奥底で何かがざわめいた。

何か、は分からない。

だが心臓の下でうごめく何かがあった。

それははるか昔――まだ人の身を得ていた頃に感じていたものに似ている気がした。

――これは、なんだ……。

動揺が走るのと同時に、

――おひさしぶりです――

シロと言った、あの小人の声と、笑顔が脳裏によみがえる。

――なぜ…。

なぜ今自分は、シロのことを思い出したのだろうか。
そのことに、男は動揺を覚えていた。

# 4

翌日は休診日だった。

「きなこちゃん、チュルルおいしい？」

朝食後、陽はシロと一緒にきなこに猫用のおやつをあげていた。

昨日帰宅した時に、「きょう、きなこどののにせわになったので、チュルルをおおめにあげてほしいのです」とシロから頼まれたからだ。

チュルルはあくまでも「御褒美」で、日常的に与えられるものではない。

どういったことが「御褒美」の対象になるのかと言えば、特に明確な基準はなかったりする。

ちゃんと猫トイレを使えた、だとか、大人しくブラッシングされた、だとか、あとはとりあえず可愛かった時などに与えられている。

シロは無心でチュルルを舐めるきなこを見ながら、あの赤い目の男のことを思い出していた。

――『ちよはる』とは、あのおかたとどういったかんけいのかただったのでしょう……。

そう思うのと同時に、自分の中で確かにひっかかるものがあるのに、思い出せないもどかしさが募った。

「はい、きなこちゃん、おわり」

いつの間にかきなこは与えられたチュルルを食べ終えていた。口の周りを舌で綺麗《きれい》に拭うとそのまま毛づくろいへ突入する。

体の柔らかさを駆使して毛づくろいをするきなこの様子を見ていると、裏庭から淡雪を抱いた橡が歩いてきた。

「あ、つるばみさんがきた！」

陽はそう言って縁側のガラス戸を開ける。

「つるばみさん、いらっしゃい！」

「おう、元気そうだな」

そう言うと軒下へと入り、先に淡雪を縁側に下ろした。今日は珍しく淡雪はご機嫌だ。そしてさっそく毛づくろい中のきなこに手を伸ばしている。

それを見やって、橡はガラス戸を閉めると律儀に玄関から入ってきた。

雪だからというのもあるが、基本的に香坂家は玄関から出入りをするというのが、陽のための教育上のルールなのだ。

居間には涼聖と伽羅がいた。

「橡殿、いらっしゃい」

にこやかに伽羅が言いながら座布団を出し、涼聖も「適当に座ってくれ」と、もはや普通に友人を迎える体である。

涼聖はこの家で唯一の人間なのだが、榛が初めて会った時から、特に榛たちのような人ではないものに対しての垣根はなかった。

すでに琥珀たちと暮らしていて、そういう存在に慣れていたからかもしれないが、それはかえって榛には心地よかった。

「今日はずいぶん、淡雪ちゃんは大人しい登場だったな」

笑いながら涼聖が言う。

淡雪は号泣しながらやってくることが多く、今日のようにご機嫌モードなのは珍しいのだ。

「朝からひと泣きしてるから、落ち着いたんだろ」

苦笑いする榛に伽羅はお茶を出す。

「相変わらず元気だな。いいことだ」

涼聖もそう言って苦笑いする。

縁側からは、陽と淡雪、シロが楽しげにしている声が聞こえてきた。

「休みの日なのに、朝から預けちまうが悪いな」

「気にしなくていいですよー。陽ちゃんも今日は淡雪ちゃんが遊びに来るの楽しみにしてましたし、昼からは倉橋さんもいらっしゃいますしね」

伽羅が答える。

今夜は香坂家で鍋パーティーの予定なのだ。

最近はすっかり琥珀の不在も慣れたようにも見える陽だが、寂しくないわけではないのは涼聖たちも充分分かっている。

なので、これまではあまり頻繁ではなかったちょっとした食事会を増やして、少しでも陽が楽しめるようにと思っているのだ。

「琥珀の様子はどうなんだ？　まだかかりそうか？」

瀕死《ひんし》と言っていい状態になったのは、記憶に新しい。

もしあれが倉橋の身に起きたらと思うと――いや、崩落事故の時に似た思いはしているが――ゾッとするなどというレベルではない。

「最近、短時間なら部屋の外に出てもいいって許可が下りたらしいが、こっちに戻るにはまだまだかかりそうだ」

「そうか。……まあ、あの状態だったからな。陽がよく我慢してるな。……会いに行ったりはできねえもんなのか？　ちょっと顔見る程度ならできるだろ」

橡の言葉に、涼聖と伽羅は顔を見合わせる。

そして伽羅が口を開いた。

「一応、陽ちゃんに、もう少し琥珀殿の様子が落ち着いたら会いに行きますか、とは言ったんですけどね。陽ちゃんが『あったら、いっしょにおうちにかえりたくなるから』って。だから、会わないなら、会わないってほうがいいみたいっていうか……」

確かに、それは分からないでもない。

「だから、こうやって遊びに来てくれんのはこっちとしてもありがたい。集落のほうでも、みんないろいろ気遣って、陽を楽しませてくれてるけどな」

集落の年寄りたちにとって陽が元気でいるかどうか、というのは、ある意味自分の健康よりも気になるところなのだ。

かといって過剰にかまえば、かえって陽に「琥珀の不在」を感じさせることになるので、そのさじ加減を考えてくれている。

『普段よりも、ほんのちょっとだけ、多め』

それが基準のようだ。

その中でも頼もしいのは、陽の兄貴分たちだ。

孝太は言わずもがな、秀人も陽とよく遊んでくれている。

三人で遊んでいることもかなり多い。

基本的に孝太が、コーラに錠剤菓子を入れて爆発させて驚かせてみたり、あとは宝探しゲーム感覚で雪の中にミカンを埋めてみんなで探し出してみたり、雪かきで積みあげた雪でプチ雪像を作ったりしている。

なお、街道の家の玄関付近に孝太作のモアイが並んでいる光景はなかなかシュールである。

ちなみに、埋めたミカンは結構な確率で未発見のものがあり、

『雪が解けたら見つかると思うんスよね。冷凍保存と一緒だからたぶん、その時でも食べられると思うんスよ！』

となかなかチャレンジャーなことを、いつも通りのとてもいい笑顔で言っていた。

おかげで陽は、涼聖や伽羅が当初心配していたほど、寂しい思いをせずにすんでいるような気がする。

もっとも「気がする」だけで、本当のところは陽にしか分からない。

そのため、涼聖たちも何かと、陽が楽しめる機会をつくるようにしているのだ。

「陽も、時間はかかっても必ず琥珀が帰ってくるって分かってるから、我慢もできてるってとこはある」

涼聖の言葉に橡は頷いた。

「そうだな、ある程度の目安があれば我慢もできる、か……」

そう言って思わずため息が漏れた。

確かに『ある程度の目安』があれば我慢もできる。

だが、淡雪がいつになったら夜泣きをしなくなるのか、見当もつかない。

そもそも卵から孵《かえ》るのに五年もかかったのだ。

そこからの成長もかなり遅い。

陽にしても出会ってから今まで、外見的にはほとんど成長していないので、そこから察するにまだまだ時間がかかりそうだ。

「どうしたんですか、急にため息なんかついて」

橡の様子に伽羅は首を傾げる。

「いや……淡雪はあとどんくらい夜泣きすんだろうかと思って軽く絶望してるだけだ」

「昨夜もかなり？」

涼聖が問うのに、橡は頭を横に振った。

「いや、昨夜は比較的マシだった。夜中に一回泣いて…三十分くらいで落ち着いて朝まで寝てくれたからな」

「淡雪ちゃんにしちゃ優秀じゃないですかー。それでなんでため息なんですか？」

「夜泣きをしねえ日がないからだ。家にいようと倉橋さんのとこにいようと、変わらねえ」

橡の言葉に伽羅はちらりと縁側を見て、陽たちが相変わらず離れた場所で楽しくしているのを確認してから、やや小さめの声で聞いた。

「つかぬことを聞きますけど、倉橋さんとはどうなってるんですか？　ぶっちゃけシモのほうですけど」

声は小さくても、潔いくらいに直球な問いだ。

「なにもねえよ、まだ」

「「え？」」

涼聖と伽羅が見事なくらいにハモった。

倉橋が後藤《ごとう》の家を出て――出たというか、セカンドハウス的に後藤家と庭を通じて行き来できる裏の家を買い、二拠点で暮らすようになってから、そこそこになる。

どの程度の頻度で橡が泊まりに行っているのかは分からないが、まさか「まだ」だとは思っていなかった。

「マジでですか……」

伽羅が茫然と言うのに橡はややバツが悪い顔をしたが、

「まあ、ゆっくりと関係を進めるっていうのも、いいものだと思うぞ」

涼聖はとりあえずフォローしてみる。

しかし当の橡は、

「いや、早くてもまったくかまわねえ」

即答してきた。

それだけで切羽詰まり具合が分かるというものである。

「で、その早く進まない理由が淡雪ちゃん、と、そういうことですね」

伽羅が言うのに橡は頷いた。

「全部が全部ってわけじゃねえが……これまで七回泊まりに行ってんだ。そのうち二回はあの人が急患で呼び戻された。もともと、呼びだされるかもしれねえって前提で泊まりに行ってたからそれはいいんだが……残りの五回は、全部淡雪だ」

「うわ、結構な打率」

「無視しようにも、あんまり泣かせても近所に迷惑だし、ヘタしたらあの人が世話になってる後藤さんの孫が様子見に来るかもしれねえから、毎度中断終了だ」

苦い顔をする橡に、涼聖は心の底から同情した。

同じ男として、ギリ理性で引き返せるポイントと、無理なポイントがあるのは分かる。

理性で引き返せるポイントまでであってもつらいことはつらいし、無理なポイントを越えていても無理なものは無理なら引き返すしかない。

もちろん、朝からそんなディープなところまで聞く気はないというか、何時であろうと聞くのはマズイだろうと思うので黙っているが、

――御愁傷様……。

とりあえず涼聖は胸の中で手を合わせておいた。

「ぶっちゃけ、淡雪とは、前世からの因縁を感じずにはいられねえレベルでの嫌がらせだと思ってる」

深すぎるため息をつく橡に、

「もういっそのこと、プラトニックな関係を貫き通すっていうのもいいんじゃないかと思うんですけど」

伽羅は言ったが、

「そこまで枯れてねえ」

またしても即答である。

そして椽はそのまま視線を涼聖へと向けた。

「なあ、涼聖さん」

「うん？」

いきなり矛先が向いたが、この流れなので問いがシモなことだけは確実だぞと、涼聖は少し覚悟をする。

「琥珀と離れて結構になるだろ？　あんたは平気なのか？」

椽が聞いてきたのは、予想通りにやはりそっちだった。

「平気なわけじゃないけどな。陽と同じで、帰ってくるまでっていうのが分かってるから、なんとか……」

言葉を濁す涼聖に、

「そこまででいいです！　琥珀殿絡みの閨《ねや》事情とか聞きたくないです！」

琥珀大好きっ狐《こ》・伽羅は、わざとプンスカしてみせそっぽを向く。

「悪ぃ、独り身には刺激の強い話だったな」

笑って言う椽に、

「俺は陽ちゃんと一緒で集落のアイドルなんで、アイドルは恋愛禁止なんです。でも琥珀殿は特別枠っていうか聖域なんで」

すかさず伽羅は返す。

「まあ、おまえのターンが来るまであと五十年はあるから。その間にアイドルも世代交代してるだろ」

涼聖はそう言って笑った。

◇◆◇

その後、しばらく他愛もないことを話し、橡は仕事に出かけた。

夕方までいろいろと山の用事をすませるようだ。

その間淡雪は香坂家で預かるのだが、昼になれば倉橋が来る。

そうしたら淡雪は倉橋に預けて、涼聖、伽羅、陽の三人は鍋パーティーの買い出しである。

倉橋は思ったよりも早く、昼前にやってきた。

倉橋の気配を察した淡雪は、即座に縁側から玄関に向かって高速ハイハイで移動し、玄関に入ってきた倉橋を一番乗りで出迎える。

「くーし！　く！」

大変愛らしい笑顔で出迎える淡雪の頭を、倉橋は軽く撫でた。

「淡雪ちゃん、こんにちは」

挨拶する倉橋に、少し遅れて玄関に出てきた陽とシロも、

「くらはしせんせい、こんにちは」

「いらっしゃいませ、くらはしどの」

出迎えて挨拶をする。

「二人とも元気だね」

倉橋はそう言って玄関に上がると、淡雪を抱き上げた。

そして寒さからこたつから出ずにいた涼聖と伽羅のいる居間へと姿を見せる。

「やあ、こんにちは」

「いらっしゃいませー。すみません、すっかりコタツムリ状態で」

伽羅が笑いながら言い、涼聖も笑う。

「うん、分かるよ。俺も家に帰ってこたつに入っちゃうと、トイレ以外はこたつから出たくなくなるからね」

倉橋は言いながら淡雪とともにこたつに入り、陽もこたつに足を入れた。シロだけはこたつ机

の上に座ったが、シロサイズのフリースのひざかけをして落ち着く。

「裏の家にいる時は一人だから仕方ないんだけど、後藤さんのとこで、秀人くんと三人でこたつに入ってるとさ、誰が最初になくなったお茶の補充に行くか、牽制《けんせい》し合ってるのがすごくよく分かるよ」

倉橋の言葉に涼聖は頷く。

「ありますよね。誰かが立ったら『ついでに俺も』っていうあの流れ」

「全然ついでじゃないことも頼まれるんだよね。ミカン補充してきて、とか」

「そうそう、ミカンは廊下の隅っこで、台所とは方向逆だろ、みたいな」

こたつ戦時下のあるあるで二人は盛り上がる。

「陽ちゃんは結構寒いの平気ですよね。今もずっと縁側でしたし」

伽羅が問うのに、陽は頷く。

「うん。べつにさむくなかったよ」

「子供は風の子とは言うけど、若さの勝利か……」

純粋にすごいなと感心する涼聖に、

「俺たちだって子供の頃、冬でもハーフパンツだったりしただろう?」

倉橋は言い、

「あー、言われてみればそうでした。今考えたら信じられない状況ですよね」

涼聖は納得したあと、伽羅を見た。

「伽羅、おまえの子供の頃は？」

「俺は……確か、冬場は足首までの袴《はかま》っていうか指貫《さしぬき》でしたね。でも、裸足《はだし》だった気がします」

その言葉に一拍置いてから、涼聖はため息をついた。

「ああ、そうだ。おまえ、お稲荷様だったな……」

「その忘れてた感、結構酷い。デキる七尾なのに」

「いや、俺も普段、伽羅さんがお稲荷様だって意識してないよ。なんでもできるお兄さんって感じで見てる」

笑いながら倉橋が言うのに、

「なんでもできるっていうところは、まんざらでもないです」

そう言って伽羅はキメ顔をして親指を立てる。

「はいはい、デキる七尾、デキる七尾」

涼聖がからかうように言うのに、

「もう、その雑な扱い、ホントいつかバチあたりますからね？」

わざと怒った様子を作って伽羅は返してから、

「倉橋さん、お昼ご飯はもうすんでるんですか？」

倉橋に聞いた。

「まだだけど、パン買って来てるから。香坂たちはモールで食べるんだろう？　淡雪ちゃんは見てるから、行っておいで……っと、淡雪ちゃんのご飯はどうなってるのかな？」

「さっき食べて、あとは三時のおやつで軽く繋いで夕飯って感じで考えてるんですけど、もし俺たちがいない間にお腹を空かせたらミルクでごまかしてもらえますか？」

保育もこなすデキる七尾伽羅の言葉に倉橋は頷く。

「分かった。じゃあ、淡雪ちゃん、俺とシロくんと三人で留守番しようか」

倉橋が声をかけると、淡雪は嬉しそうに声を上げる。

「本当に倉橋先輩大好きですね」

涼聖は言いながら、橡はまだしばらく、プラトニックを強いられそうだな、と思って胸のうちで苦笑した。


涼聖たちが出かけて行き、倉橋は持ってきた惣菜パンをシロと少し分けながら食べた。

そのあとは淡雪を抱き上げて縁側を行ったり来たりしてあやす。

シロは段ボールハウスで丸くなっているきなこに寄り添って暖を取っていたが、そのうち寝てしまった。

風邪をひかないように——シロのような不思議な存在でも風邪をひくものかどうかは分からな

いが――こたつの上に置かれたままのシロのひざかけをとりあえずかけてやる。

「あー、ぅ、う！　あっ」

淡雪はご機嫌で、相変わらず何を言っているかは分からないものの、手をあれこれ動かしておしゃべりをしてくる。

倉橋は適当に相槌《あいづち》を打ちながら、橡が「あいつは絶対に分かってて、嫌がらせで夜泣きをしてるに違いねえ」などと言っていたのを思い出し、苦笑した。

――そんなわけあるはずがないのに。

そもそも淡雪の夜泣きは今に始まったことではなく、もはや代名詞だ。

人間の子供でも夜泣きの激しい子は、本当に凄まじいというから、淡雪もそれと同じようなものだろう。

もっとも、成長が遅い分、夜泣き期間も長くなってしまうのだろうとは思うが。

「でも、可愛い時期も長く楽しめるからいいと思うんだよね」

子供の可愛い時期、というのはあっという間だ。

だが、淡雪にしろ、陽にしろ、可愛い盛りが長く続くのは愛でる側としては本当に喜ばしいことだと思う。

集落の住民がそのことを奇異に思っていないうちは、いいんじゃないかなと思うのだ。

もっとも、淡雪は『やたらと癇《かん》の強い赤子』という認識がされているだけで、実際に淡雪を見た住民はいないのでセーフだろう。

陽に関しては――涼聖たちが何とかするだろうと思うし、もうすでにしているかもしれないので倉橋は気を揉まないことにした。

とりあえず今は、淡雪と、橡のことで手いっぱいだ。

縁側をうろうろした倉橋は、客間の前あたりでまた雪が降ってきたのに気づき、足を止めた。

「また降ってきたね……」

ぼんやりと眺めながら、この雪の中を橡は文字通り飛びまわっているのだろうかと思う。

「淡雪ちゃん？」

倉橋が窓の外を見ているのにつられるように外を見ていた淡雪は、倉橋の声に「う？」といった様子で顔を倉橋へと戻した。

「俺としては、このまま橡さんと一緒に、淡雪ちゃんの成長を見守っていきたいと思ってるんだよね」

淡雪の顔を見ながら言う。

不思議そうな顔をしながらも、淡雪は黙って聞いているので、倉橋はそのまま続けた。

「でも、このままの状態っていうのは、ちょっとまずいかもなーとも思ってるんだ」

伽羅から聞いたところによると、橡はかなり鈍感な男らしい。

『見てたら、明らかに倉橋さんのこと意識してる感じなのに、本人、全然気づいてなかったりするんですよ？　やきもきするったらないっていうか！　そんな中で倉橋さんが東京《とうきょう》へ帰るかもってなってギリギリで告白じゃないですか？　遅いっていうんですよねー。もし、倉橋さんが東京へ帰るってならなかったら、今でもただの茶飲み友達ですよ。一生縁側で一緒にお茶飲んでろって話ですよ』

となかなかの毒舌で話してくれたことがある。

まあ、男同士であるうえに、異種族——とでもいうのだろうか——なので、椽が倉橋をそういう対象として意識しなかったのは、理解できる。

それはいいとして、問題は、椽の気の回し方だ。

彼らはいわゆる『お金』をほぼ必要としない生活をしている。

衣食住の必要なものはすべて山で調達できるというか、一番命に直結する食に関しても食べなくていいという最強っぷりなので、確かに必要ないだろう。

必要があるのは今のところ淡雪にかかるお金だけだ。

そのことは倉橋も承知している。

対して倉橋は『貨幣経済』で生活を成り立たせているので、貨幣、つまりお金は持っている。

なので、倉橋が椽や淡雪と何かをするとなれば、倉橋がお金を出すことになるのだ。

そのことを倉橋は気にしていないというよりも、当然だと思っている。

なぜなら自分の満足のために出すお金だからだ。

しかし、橡はやたらと気にする。

——もしかしてヒモみたいに思っちゃうのかな……。

とも思うのだが、これぱかりはいかんともしがたい。

橡のことは好きだが、

『じゃあ、今日のランチは山の気を』

などと言われても倉橋の腹は満たされない。

となると、何らかのものを買って食べることになるのが普通だ。そして、自分一人で食べるよりみんなで食べたほうが楽しいので、みんなの分も買う。

服などに関してもそうだ。

似合いそうだと思えば着てほしくなるので買うわけだが、それも気にしているらしい。

——だから、それは橡さんや淡雪ちゃんのためじゃなくて、俺の満足度のためだって言ってるだろ?

何度か、よく分からない小競り合いはした。

そういう意味で、この先、二人の関係に何の進展もないと橡が、倉橋にしてみれば『そこは問題じゃない』部分で気を回す可能性がある。

「淡雪ちゃんも知っての通り、橡さんは、ああ見えて繊細なところがあるから、このままだと身を引くとか言いだす可能性もあるんじゃないかと思ってるんだよね。だから、俺としてはとりあえず既成事実を作っちゃいたいと思ってるんだ」

そう、確実に逃げられない既成事実を積んでしまいたい。

「そうすれば、責任を取らせるって形で居据わることができると思うんだよね。だから、できれば淡雪ちゃんに協力してもらえたらなー、とは思ってる」

そう言った倉橋の腕の中で、淡雪は自分のロンパースの首元のポンポンをいじりながら、頭を左右に振っていた。

「まあ、淡雪ちゃんの事情もあるし、気が向いたらでいいよ」

ほとんど独り言だということは分かっている。

分かっていて言うのは、倉橋自身、足踏みの続いている状況をそろそろなんとかしたいと思っているからだ。

——まあ、最終手段は香坂に淡雪ちゃんを預けちゃえばいいわけだし。

そうすれば、いくら淡雪が夜泣きしようと聞こえてはこない。

「今夜のお鍋、たのしみだねぇ……」

ある程度の算段をつけた倉橋は、相変わらずポンポンをいじっている淡雪を見ながら、強引に話を変えて呟いたのだった。

眉間にしわを寄せ、頬を膨らませて、あからさまに「御立腹」な様子を見せながら、将棋盤を挟んで向き合う秋の波の様子に、琥珀は微笑む。

「秋の波殿、本当にそこでいいのですか？」

「えー……」

琥珀の言葉に秋の波は盤面を見るが、

「うん、いいよ、ここで」

少し投げやりな様子で返してくる。

それに琥珀は駒を一つ指に挟んで、盤上の他の場所へと移す。

「では、これで……」

その一手に秋の波は目をパチクリさせたあと、

「あ！　だめ、それだめ！　まって！」

確実に詰みになる一手に慌てる。

「だから、お伺いしたのに。いいですよ、どうぞ」

琥珀は今置いた駒をどけて、秋の波の手からやり直す。

「やっぱりこはくはやさしいなぁ。ここがだめだから……ここにうってても…ひしゃがくるし…、ぶなんなのはこっちかなぁ」

真剣に盤面を見て、秋の波は駒を置き直す。

「そこでも、ここに、私がこれを置いてしまうと……？」

秋の波の手を受けてすぐに琥珀は自分の駒を置く。秋の波はそこから先の手を計算して、

「ええー！　ここもだめ？」

驚愕した様子をみせる。

「三手前の角の手あたりが分岐だったと思いますよ」

琥珀がそう伝えると、秋の波は、

「なんでそのときにおしえてくれないの？　いじわる」

唇を尖らせ、上目遣いにそんなことを言ってくるが、その様子すら愛らしい。

「一応、勝負ですからね。それに作戦かと思ったんですよ。その次の手はこの駒でしたが、それをここに打っていれば……」

琥珀が駒を移動する。

「あ、おれがゆうりになった」

「ここに打たれても、私が飛車をこちらに置きますので一時的に凌《しの》げはしますが、飛車がここに来てしまった分、中央が手薄になりますから……面白い勝負になったと思いますよ」

琥珀のレクチャーを受け、秋の波は納得した顔をみせる。

「やっぱり、こはくはつよいなぁ……」

「ありがとうございます。でも、今日は秋の波殿の気がそぞろですから……。それも理由だと思いますよ」

琥珀の指摘を受け、秋の波は改めて唇を尖らせる。

「だってさー、しごとだからしかたないってわかってるけどさー」

原因は影燈だ。

影燈は『秋の波の様子を見守る』ことも任務に入っている。

それは秋の波がこの本宮においても特殊な存在だからだ。

秋の波のように完全に野狐化した状態から、戻れたものはこれまでいない。

もちろん、穢れがないことは白狐がすでに確認済みだ。

しかしある程度の当時の『記憶』があるということをどうとらえるのかが問題になった。

たとえばそれが種のようなもので、知らぬ間に芽吹いていたら。

それにすぐ気づくことができれば対処することも可能だろうが、手遅れになる事態だけは避けたい。

そのために秋の波を本宮内に留め、常に誰かが秋の波の様子を見ることになっているのだ。

もちろん、秋の波の愛らしさや人懐っこさで、任務でなくとも誰かれなくかまい、様子を見ているのではあるが。

その中でも旧知の仲である影燈の存在は特別だった。

秋の波が野狐になったきっかけとなったのが『影燈への思い』だったことは、秋の波が有していた記憶から判明している。

影燈と会うことができない状態が長く続くことで秋の波が不安定になり、そこから何かが『芽吹く』可能性は否めないのだ。

それが分かっているので影燈はできる限り仕事を制限している。

影燈は本宮の中でも白狐の右腕である漆黒の九尾、黒曜《こくよう》の直属部隊に所属している稲荷だ。

黒曜自身もそうだが、黒曜配下の稲荷は他の稲荷と違い、戦闘に特化している。

全国を飛び回り『怪異』と呼ばれるものの調査と対応を行っているのだ。その対応というのが戦闘になることも珍しくない。

だが、黒曜配下の稲荷は、そう多くない。

影燈一人が抜けるだけでも、大きな穴となる。

そのため、秋の波の状態を見て、影燈は多少時間のかかる任務にも入るようになっていた。

秋の波にとって一番よくないのは「寂しさ」だ。

それを紛らわせることのできる相手――つまるところ、今は琥珀だ――がいるので、ある程度安心できると踏んでいるのだろう。

特に今回は連続した任務だ。

あの翌日の夜に影燈は戻ってきた。

本来であれば、二日ほどは休み、その後日帰りでの任務の予定だったのだが、黒曜配下の部隊で任務中に負傷者が出て、急遽影燈が部隊へ入ることになったのだ。

一日半しか一緒にいられず、さらに三日も影燈が帰ってこないので、秋の波のご機嫌は斜めになったままだ。

「もー、ほんと、どうおもう?」

ますます唇を尖らせる秋の波に、琥珀は微笑んで両手を広げ「いらっしゃい」のポーズを作ってみせる。

それに秋の波はすっくと立ち上がると、琥珀に歩み寄り素直に琥珀の膝の上に座った。

秋の波が『怒っている』間はまだいい。

『寂しい』と思うのが、おそらく危ないだろうというのが白狐の判断だ。

そのため琥珀も存分に秋の波を甘やかすことにしている。

もちろん、秋の波自身が甘え上手なこともあるので、琥珀がそう思わずとも率先して甘えてくれるのではあるが。

——そう思えば、陽は秋の波殿ほど『甘えて』はこぬな……。

性格の差もあるのだろうが、琥珀が陽を預かった当初、どう接していけばいいか分からなかったからだろう。

つい、叱ってしまうことが多かった。

あの頃は自分の力がいつ尽きるか分からず、その前に陽を一人前に育てなければと気がせいていて、厳しく接しがちだった。

だから、陽もどういう時に甘えていいのかが、よく分かっていないのかもしれない。

琥珀も、どういう時に甘やかしていいのかが、今も分からない。

「こはく、どうした？　かんがえごとか？」

膝の上の秋の波が琥珀を見上げて問う。

「いえ……なんでもありません」

「そう？　なんかちょっとさみしい、みたいなかおしてた。もしかして、りょうせいどののことかんがえてたりした？」

「いえ、そういうわけでは」

「えー、ちがうの？　まあ、こはくとりょうせいどのって、もう、なんかしんらいしきってるってかんじがあるから、はなれてても、そんなさみしいとかないかんじ？」

秋の波に聞かれて、琥珀はふと考えた。

陽のことをよく考えてしまうのは、愛しいと思っているのと同時に「心配」だからだ。

伽羅は「心配」する暇がないくらいに、文をくれる。

涼聖は、多くて月に二度程度、短い近況を書いた文をくれる程度だが、それで琥珀自身は満足できている節がある。

涼聖のことを考えないわけではない。

一日一度は必ずどうしているかと気になるし、折りに触れて文を読み返すこともある。

できれば早く戻って会いたい、とも思う。

だが不思議と『寂しさ』は感じることがなかった。

「……こちらに来てすぐの頃は、心配をかけているので早く帰らねばと思っていたのですが、そうですね、言われてみれば『寂しい』と感じることはあまりない気がします」

琥珀の言葉に、

「えー、うらやましいなぁ」

秋の波は素直に羨ましがる。

「そうですか？」

「うん。だってさ、おれ、かげともがいなかったら、ほんとむりだもん。なんか、こはくとりょうせいどのって、ふあんていようそがないっていうかさー。おとなのよゆうてきな？　なんかそういうかんじする」

秋の波はそう言うが、琥珀はいまいちその実感がない。

逆に影燈と数日会えないだけで「寂しい」と言う秋の波と比べると、「寂しい」と思わない自分が薄情なのではないかとすら思えてくる。

「そうだといいのですが……」

「あーあ、はやくかげとも、かえってこないかなー」

つまらなさげに秋の波は言う。

「でも、今日、戻られるのでしょう?」

問う琥珀に、秋の波は途端に笑顔になる。

「うん! きのう、こくようどのにききにいったら、おそくてもゆうがたくらいにはかえるんじゃないかっていってた」

けろりと言う秋の波だが、そこには大人稲荷が聞けば恐るべき言葉が含まれている。

『黒曜殿に聞きに行ったら』だ。

黒曜は白狐と並んで本宮では畏怖される存在である。

それでも白狐はまだ気さくに様々な立場の稲荷に声をかけているので、親しみやすいと言えば、親しみやすい。恐れ多さはあるが。しかし、黒曜は違う。

彼は無口だ。

彼の唯一の弟子である伽羅いわく「コミュ障」らしいのだが、とにかく口数が少ないし、怖いくらいに整った顔立ちのせいで、黙っていると怒っているようにも見えがちだ。

そのため、親しみやすさはかなり低い。

その黒曜の許に、おそらくは秋の波のことだ、アポも取らずに突撃して、

『こくようどのー、かげともって、あしたなんじくらいにかえってくるか、しってる？』

このくらいの気軽さで聞いたに違いない。

おそらく、影燈がいたら即座に秋の波の頭を下げさせ自身も畳に額を押し当てて謝るレベルの事態である。

とはいえ、白狐の背中にまたがってお馬さんごっこに興じたことのある秋の波である。

あり得ないことの壁をやすやすと越えていく秋の波に、琥珀は苦笑する。

「なに？　わらってる」

「いえ……、秋の波殿は相変わらず、どなたとも垣根なくお付き合いをされているのだと思っただけですよ」

「うん。ともだちは、おおいほうがいいし」

「それもそうですね」

返した琥珀に「だよな！」と笑顔で返す秋の波に、琥珀は笑った。

◇◆◇

おやつ時を過ぎたあたりから、秋の波はそわそわし始めた。

影燈の帰ってくる時刻が近いからだ。

「まだかなぁ……」

「遅くても夕方には、と黒曜殿がおっしゃっていたのでしたら、もう間もなくだと思いますよ」

落ち着かない様子の秋の波に琥珀は声をかける。

だが、半時過ぎても、帰ってきたという報告は来なかった。

「おそすぎない？」

「……そう気を揉まれずとも。黒曜殿への報告などを先にすませていらっしゃるのかもしれませんし」

そう言ってから、琥珀はあることに気づいた。

「秋の波殿が私の部屋にいらっしゃることは、誰かにお伝えになっていますか？」

秋の波がここにいることを知らないのなら、もしかしたら連絡が行き違いになっているのかもしれないと思ったのだ。しかし、

「『ば』をかんりしてるいなりに、きょうはだいたい、こはくのへやにいるから、かげともがもどってきたら、こはくのへやにれんらくとどけてっていってあるよ」

秋の波はちゃんと伝えているようだった。

「それならば……」

単純に戻ってくるのが遅れているだけでしょう、と琥珀が言いかけた時、廊下をやや急ぎ気味にやってくる足音が聞こえた。

そして琥珀の部屋の前で止まると、

「琥珀殿、失礼いたします。秋の波殿はおいでですか？」

そう声をかけてきた。その言葉に秋の波は立ち上がり、襖戸を開ける。

「かげとも、かえってきた？」

「はい、お戻りに……」

返事を聞いて秋の波は軽く跳ねる。

「よかったですね、秋の波殿」

琥珀がそう言った時だ。

「それが、その……」

連絡を持って来た稲荷が口ごもる。

それだけで、何らかのよくない知らせだと分かった。

「なに？　かげともになにかあったの？」

「それが、影燈殿は怪我をされたらしく治癒院《ちゆいん》に運ばれたと……」

その言葉に琥珀は目を見開き、秋の波は、

「ちゆいん……」

消え入りそうな声で言って、その場にへたり込んだ。

本宮には二つの医療施設がある。

治療院《ちりょういん》と、治癒院だ。

治療院では基本的に怪我と、せいぜい二、三日程度の軽度な入院を受け持ち、治癒院は重度の場合に運ばれる。

その治癒院に影燈は運ばれたというのだ。

「ちりょういんのまちがいじゃないのか？　ほんとうに、ちゆいんなのか？」

秋の波が必死な声で聞いた。

「私は別の稲荷より伝言をことづかっただけですので、詳しくは分からないのですが……間違いなく治癒院、と」

「そんな……」

そのまま泣き出してしまいそうな秋の波の背中を見て、琥珀は立ち上がった。

「秋の波殿、とにかく治癒院へ参りましょう」

そう言うと顔面蒼白になり小刻みに震えている秋の波を抱き上げて、部屋を出る。

「こはく、はしったら、こはくのからだにさわる」

秋の波は影燈のことが不安で泣きながら、それでも琥珀の身を案じてくる。

「それどころではないでしょう。一刻も早く行かねば」

廊下を走り、本殿を出て、庭を走る。

息が乱れるのをかまわず、治癒院へと急いだ。

そして辿り着いた治癒院で、

「かげとも！　かげともどこ！」

秋の波は中に入るなり、泣きながら影燈を呼んだ。

居合わせた治癒院の稲荷が、慌ててやってくる。

「秋の波殿、それに琥珀殿……！　こんなに息が乱れて、まだこんなご無理をされては」

治癒院の稲荷も琥珀の病状はよく知っている。

本殿の中を少しなら歩いてもいいという程度で、息が乱れるほど走るなど論外だ。

「大丈夫、です……。それより、影燈殿がこちらに運ばれたと……。今どちらに」

琥珀が聞いた時だった。

「おう、秋の波、それに琥珀殿」

自分を呼ぶ秋の波の声に気づいたのか、影燈が――わりと結構元気そうな様子で――姿を見せた。

「かげとも……」

「影燈殿……」

「幽霊でも見たような顔で二人ともどうした……？」

歩いて近づいてくる影燈に、

「なんでそんなにげんきなんだよ！」

泣いていた秋の波が、キレた。

「おい、なんで元気なのに怒られなきゃならないんだよ」

困惑する影燈の足に、秋の波は抱きつきながら号泣した。

「だって…っ……げ、と…っ、けっし…っ……ち、ゅいん……」

しゃくりあげて、とぎれとぎれで不明瞭な秋の波の言葉に、軽く息を整えた琥珀が代わりに伝える。

「影燈殿がお帰りになったものの、怪我をされて、治療院ではなく治癒院へ運ばれたと連絡を受けて、心配して参ったのです」

その言葉に、影燈は「あー……」と言って軽く頭をかいた。

「途中でなんか大袈裟に解釈されたようで……申し訳ない」

「……確かに、影燈殿の様子を見る限りはそのようですが…何が？」

問う琥珀の言葉に、影燈は言った。

「任務中に怪我をしたのは確かなんだが、治療院へ行ったら喧嘩をした見習いたちが列を成して治療待ちをしていて。それで治癒院で見てもらってくれと言われたんだ。予定より戻るのが遅くなったこともあって、こいつが心配してるだろうから、治療を受けたら戻ると伝えてくれと言ったんだが……」

そういえば報告してくれた稲荷は別の稲荷から伝言を受け取ったと言っていた。その伝達経路で言葉の抜けなどがあったのだろう。

説明を聞いてほっとした秋の波だが、ほっとした分だけ怒りがこみ上げたらしい。

「どれだけしんぱいしたとおもってるんだよ！」

そう言って、ポカポカと影燈のふとももを叩く。

「こら、全力で叩くな。結構痛いんだぞ、馬鹿力」

「もし、しんじゃうようなけがだったらどうしようって、ほんとうにしんぱいしたんだからな！しんじゃったら、しんじゃった、ら……」

そこまで言った時、ふっと秋の波の動きが止まった。

「おい、秋の波？　どうした」

「秋の波殿？」

問いかける影燈と琥珀の声は確かに秋の波の耳に届いていた。

だがそれと同時に、

——あの方を取り戻すためだ——

脳裏に言葉が蘇った。

——再び器を得て、あの方の魂を——

昏《くら》い喜びに満ちた声。

——そのためには、もっと力を——

——犠牲など厭わぬ——

——あの方さえ、お戻りになれば——

狂気さえ孕《はら》んだ言葉が秋の波の頭の中をぐるぐると駆け巡る。

——俺に協力するなら、おまえの愛しい相手にも会わせてやる。さあ、どうする？——

その声は先程までとは違う、まだどこか少年の面影を残すようなものだった。

「あ、あ……、あ…」

秋の波は震えながら小さな声を漏らし、両手で頭を押さえた。

「秋の波！」

「秋の波殿…！」

——あかいめが、みてる……。

——おまえにきょうりょくすれば、あわせてくれる？

——あいたいよ、かげともに……。

暗い祠の中、秋の波は差し出された手を取った。

「——あ…」

頭の中、断片的な映像がシャッフルされるのを感じながら、秋の波はそのまま意識を失った。

「秋の波！」

名を叫ぶ影燈の声が、治癒院に響いた。

◇◆◇

治癒院の一室は重い空気に包まれていた。

寝台に寝かされた秋の波を、琥珀と影燈はただ黙って見守っていた。

突然倒れた秋の波はすぐに施療稲荷によって診察されたが、体に異常はなく、呪を受けた様子もないと診断された。

「影燈殿のことを心配されていましたから、一時的な興奮状態になられたのではないかと思うのですが……」

施療稲荷は、一応そう言ったが、言いながらも腑に落ちていない様子だった。

そして、琥珀と影燈も同じだ。

倒れる前の秋の波の様子は、少しおかしかった。

虚空を見つめ、ここではないどこかを見ているように見えたのだ。

だが、互いにそれを言葉にすることは躊躇《ためら》われて、ただじっと秋の波が目覚めるのを待った。

少しした頃、秋の波の耳がふっと軽く震え、瞼がわずかに動いた。

「秋の波？」

「秋の波殿？」

覚醒を感じさせる変化に二人は名を呼ぶ。

そしてそれに応えるように秋の波はゆっくりと目を開けた。

「秋の波、俺だ、分かるか……？」

影燈が言いながら、秋の波の小さな手を握る。

秋の波はいくばくかの間、ぼんやりと天井を見ていたが、それから数回瞬きをして、影燈と琥珀を視界に留め、認識した。

「大丈夫か？　どこか苦しかったり痛かったりはしないか？」

影燈の問う声に、秋の波は小さく眉根を寄せ、

「おれ、おもいだした……」

小さな呟くような声で言った。

「思い出した？　一体何を」

問う影燈の声に、秋の波は、

「あいつら……はんごんしようとしてる…」

さっきと同じ、呟くような声で告げる。

だが、告げられた言葉はあまりに重く、

――反魂《はんごん》……。

琥珀と影燈は、言葉を失った。

# 6

香坂家での鍋パーティーからしばらくして、久しぶりに倉橋の待機にも引っかからない純粋な休みの日がきた。

とはいえ、後藤家に戻ってきたのは夜勤を終えた朝だ。

それから眠って昼過ぎに目覚め、とりあえず後藤家の私室をざっと掃除してから、裏の家の掃除をした。

今日は夕方から椽と淡雪が来る予定だからだ。

もともと、会う回数はさほど多くなかったが、以前は、日中少し会う、というだけでも問題はなかった。

問題が出てきたのは、二人の関係が進むか進まないか、という状況になってからだ。

そもそも倉橋の「休み」というのは「一日単位」というよりも「時間単位」である。

普通は「一日休み」と言えば、勤務を終えた翌日一日が休み、という感覚だろう。

だが倉橋の場合は違う。

勤務を終えてから二十四時間以上休みの場合を「休み」と呼んでいる。

たとえば夕方に勤務から帰った場合は、とりあえず戻ったらすぐに入浴をすませて寝てしまうので、起きるのは夜中近くだ。

それからゆっくりと夜中の間にできること——たとえば溜まっている録画を見るだとか——をすませつつ、眠たくなったら二度寝をし、みんなが起きてくる時刻からは普通に活動を始める感じだ。

そうなると、橡と会うにしても時間が昼間になる。

さすがに昼間からいちゃつくのは躊躇われるし、何より、淡雪が眠らない。

よって、そういうことができるタイミングでの休みとなるとかなり限られてしまうのだ。

その限られたタイミングでも、淡雪の夜泣きが炸裂する。

倉橋はかまわないというか、かまわなくはないのだが、淡雪が泣き出す頃には、大概一度くらいイかされたあとのことが多い。

そのため、さほどまあ、アレなのだが、橡は不憫だと思う。

今日はわりと久しぶりに夜に会える休みだ。

次の勤務が明日の夕方なので、結構時間も取れるし、今夜何かがあっても体を回復させる時間はあるだろう。

——痛み止めも、もらってきてあるし……。

女性と違って、男性の体は基本的に「受け入れる」ためにはできていない。

そのため、どれだけ準備をしても、ある程度のダメージは覚悟しなくてはならないことは予測している。

だが、救急医という立場上、動くのがつらいようでは困るのだ。

そのためにもらってきたのである。

というか、もらってきたのは少し前だ。

それが未使用のまま残っていて、現状ではただのお守りである。

――いつまでもお守りのままっていうのも考えものだけど。

もし、今夜がダメだったら、ちょっと真剣に淡雪を預ける、ということを考えたほうがいいかもしれないなと思いながら、掃除を進めた。

そして夕方、予定通りに橡が淡雪と一緒にやってきた。

準備しておいた夕食を一緒に食べ、いつも通りに倉橋と淡雪が先に入浴する。そして橡が入っている間に淡雪を倉橋が子供部屋で寝かしつける。

最初は興奮してなかなか眠らないこともあったが、最近では子供部屋の雰囲気にもすっかり慣れたらしく、十五分程度で寝てくれる。

もちろん、橡が日中、あまり昼寝をさせないようにして、夜は早く眠るように仕向けているからなのだが。

「天使の寝顔、とはよく言ったもんだよね……」

健やかに眠る淡雪の寝顔をしばらく見つめてから、倉橋は二階の私室へと向かった。

布団を敷いて、それから窓の外に置いた発泡スチロールの箱の蓋を開けて、冷やしておいたビールを取り出す。

それを半分ほど飲んだあたりで椽が部屋に来た。

「もう始めてたのか」

「ついさっきだよ」

軽く言葉を交わして、まだ開けていないビールを椽に手渡す。

「天然の冷蔵庫は優秀だな」

返事をした椽は倉橋の隣に腰を下ろした。

「発泡スチロールに入れてないと、破裂してるだろうけどね。温かい部屋でキンキンに冷えたビールって、贅沢な気がしない？」

「確かにそうかもしれないな」

同意して、椽はビールのプルを開け、一口飲む。

「ああ…うまい」

「最初の一口が本当に最高だよね。まあ、油断したら頭が痛くなりそうなレベルの冷たさなんだけど」

倉橋はそう言って笑う。

「そういえば陽が夏場にかき氷食って、頭を押さえてたな」

「そうなんだ」

「ああ。思いきり頬張って、両手で頭を押さえて悶絶してた」

その時の陽の様子が簡単に想像できて、微笑ましさに倉橋は笑う。

「三叉神経が刺激されてそうなっちゃうんだよね。冷えすぎた、温めなきゃって勘違いして頭の血管が膨張して、それで痛くなるんだ」

「へぇ、ちゃんと理屈があるんだな」

「そうじゃないのに痛くなったら、それこそ病院で診てもらってってことになるよ」

倉橋はそう言ってから、

「そのうち、そこに淡雪ちゃんも参戦するんだろうね。淡雪ちゃんと陽くんとシロくんの三人が頭を抱えてたら、可愛くて動画に収めちゃいそうだ」

やはり笑う。

「淡雪がそうなるまで、あと何年かかるんだろうな。とりあえず、夜泣きしなくなるまでどれくらいだ?」

「そうだね……まあ、俺と椽さんが出会った頃の淡雪ちゃんよりは成長してるし……その倍くらいかければ夜泣きもなんとかなるんじゃないかな」

しれっと言う倉橋に、椽は顔を顰める。

「具体的に考えると、とりあえず絶望だな」

「大袈裟。淡雪ちゃんの機嫌のいい日もあるよ。……多分」

「その、多分、の前の溜めがすげえ怖いんだが」

「まあ、だって、淡雪ちゃんの都合だから」

はっきりしたことは言えないよねぇ、と微笑んでビールを口にする倉橋の姿に、やっぱりこの人は綺麗だなと椽は思う。

「淡雪、すぐ寝たか？」

「うん、わりと早かったよ。あの部屋にも慣れてくれたみたいだしね。昼寝、阻止した？」

「ああ」

そう言ってにやりと笑った椽は倉橋の体をそっと抱き寄せ、口づける。

薄く誘うように開かれた唇の間から舌を差し入れ、ゆっくりと口腔を舐めると、倉橋の体が軽く震えた。

その様子に気分をよくしながら、椽は一度唇を離す。

「……何、笑ってるのかな」

口角を上げて楽しそうな椽の様子に、自分の反応を笑われたのかと、倉橋は少し目を細めて問う。

「こうしてても、淡雪がそのうちどこかで泣きだすんだろうなって思ってる自分がいて、おかしくなった」

椽の言葉に倉橋も笑う。

「うん、分かる」

「だよな」

「頭のどこかで、ちょっと思うよね。淡雪ちゃんにしてみたら、生理現象に近いことだから仕方ないんだけど」

倉橋の言葉を聞きながら、椽は倉橋の額やこめかみに柔らかく唇を押し当てる。

「あんたがここを買うまではもうちょっと余裕があった気がするんだけどな。山の家でってわけにもいかねえ気がしたし」

椽の領地には、何とか使える家が二軒ある。

無論外から見れば、何をどうやっても自然に還っていく真っ最中の呪われ感満載なわけだが、中の使える部分はかなり綺麗にされている。

うちの一軒がメインに使われていて、もう一軒は椽が一人になりたい時に使っていた。

椽が倉橋といい感じの時間を過ごそうとしていたのは、一人の時に使うほうの家だったのだが、ポロリと伽羅に零した時、

『それ、本気で言ってます？』

真顔で言われた。

本気も何も二人きりになれる場所がそこしかないんだから仕方がないじゃないかと返せば、

『分かってない…、ほんと分かってないですね！』

と言われた。

本人は片思いをこじらせて、かなりわけのわからない状態になっているくせに、だ。

『初めて、の場所が廃屋でいいわけがないじゃないですか。もちろん二度目ならいいとかそういう問題じゃないです。二度目の場合は致し方ないレベルでなら可とします』

ものすごい勢いで言ってきた。

だが、当時は倉橋も後藤の家に間借りをしていて、後藤はほぼずっと家にいる。たまに集落の長寿会——集落の大半が会員だ——に出かけるくらいだが、その隙を狙って、というのもどうにも浅ましい。

涼聖の家を借りるのも、伽羅の家を借りるのも、とりあえず『人の家』が却下だろう。致す内容が内容的に。

たとえ家主の了解を得ていても、こちらが嫌だ。

そうなると、外部施設——いわゆるホテルと呼ばれるところ——しかないわけだが、椽の側に問題があった。

つまり金銭面的にだ。

そこを倉橋に出させるのもどうかという男のプライド的なものがあって——もちろん倉橋も男のプライドはあるだろうが——ある程度余裕を持って出せるくらいの資金を溜めている中での、倉橋の住居購入だった。

「こうやって、お膳立てが整った途端にがっついてる自分がいて、それもどうかと思う気がするっていうか、そのあたりを淡雪に見透かされてんじゃねえかって気になる」

椽の独白に、倉橋は少し首を傾げた。

「じゃあ、しばらく諦めて清い交際を続けるって決めちゃおうか？　そのほうが生殺しになんなくていいかもしれないし」

倉橋はそこまで生殺しではないが、主に椽がキツいだろうと思って言ったのだが、

「いや、千載一遇のチャンスを狙う」

椽はにやりと笑って言うと、倉橋をゆっくり押し倒した。

敷いた布団は、はるか遠い。

千載一遇の、と言いながら、どこか諦めているようなのが伝わってきて、倉橋は笑う。

「笑ってられるのも今のうちだぞ」

そう言って、椽は倉橋の唇を奪う。

舌を差し入れ、口の中を好き勝手にかきまわして、舌を絡ませる。

くちゅ、ちゅぷ……と水っぽい音が漏れる。

一度軽く唇を離し、それから濡れた倉橋の唇を舐めるように舌を這わせる。

くすぐったさに体を震わせる倉橋の脇腹にそっと手を伸ばし、パジャマの裾から差し入れる。

そして肌を撫で上げながら、再び深く口づけて舌同士を擦り付け合う。

「ん、ぅ……」

鼻から抜けるような声を漏らした倉橋をゆっくり口づけから解放してやる。

「まだ、大丈夫そうだな……」

「何が?」

返してくる倉橋の声は少し濡れている。

「淡雪」

「……今日は、機嫌がいいのかもね」

そう言った倉橋の唇をまた、口づけで塞ぐ。

倉橋が纏っているパジャマのボタンを外し、前をはだけさせて胸に触れる。そのまま指先でつまみあげると、倉橋の背が軽く浮いた。

「ん……っ」

まだ、最後まで致したことはないが、未遂は複数回あるため、倉橋の体は徐々に橡の手管に慣らされていた。

最初はくすぐったかっただけの胸も、快感を拾うようになっている。

それが分かっているから、橡は執拗に胸を弄り、倉橋の呼吸が完全に上がるのを感じて口づけから解放する。

「ふ……ぅ、あ、あ」

甘い声が漏れるのを聞きながら、椽はもう片方の乳首へと唇を落とす。

「あっ……！」

片方への刺激ですでに尖っていたそこに甘く歯を立てられ、ささやかな痛みに眉を顰めると、甘やかすように優しく舌で舐められる。

反対側はずっと押しつぶされたり、つまみあげられたりといたずらを続けられて、ヤワヤワとした快感が何度も背中を駆け抜ける。

けれど決定打に欠けるせいで、弄られれば弄られるほど、もどかしくて倉橋は身をよじる。

逃げるつもりはないが、勝手に体が動いてしまうのだ。

それと同時に、自身がすでに反応して先走りを零し始めているのに気づいて、羞恥で首の後ろが熱くなる。

「う、んッ、ん」

堪え切れない声を上げると、胸に触れていた椽の手が下肢へと伸び、パジャマのズボン越しに倉橋自身へ触れる。

「っ、あ、あ」

そのまま撫でまわされて、倉橋の体が強張る。

ぐちゃり、と濡れた感触がするのにいたたまれなくなった。

「脱いじまうか？」

胸から顔を上げた椽が聞いてくる。それに頷けば、腰を上げるように促される。

そのとおりに軽く腰を上げると下着ごとパジャマを引きおろされた。

ひやりと濡れた感触に余計に羞恥を煽《あお》られるが、足からすべてを引き抜くと、椽は直接倉橋自身に触れた。

「はっ、あ…」

少しカサついた手の感触と体温に声が上がる。

ゆっくりと撫でまわされて、腰の奥がぐずぐずになってくる。

ぬるつく指先が先端で止まり、蜜を漏らす穴の上を擦って、その刺激に蜜がどんどんと溢れてくる。

滴《したた》る蜜を追うように椽の手が動いて、今度は柔らかな動きで扱きだした。

「あっあ、ッ……」

声が止まらなくなってくる倉橋を愛でるように見つめながら、椽は声を漏らす唇についばむように口づける。

そうしながら、いっそう手の動きを淫猥なものにして倉橋を追い上げていった。溢れる蜜を先端に塗り込み、それから強く握りこんで扱き立てる。

「あ、ぅ、あ、あ…!」

耐えきれず、一気に上りつめ、倉橋自身から蜜が噴き出る。

すべてを絞り取るように扱き続ける椽のせいで体の痙攣《けいれん》が止まらなかった。

ひくっ、ひく、と体を震わせながら残滓《ざんし》を吐きだすと、ようやく椽の手が離れる。

「…っ……あ…ぁ、……ふ…」

荒い息を継ぐ倉橋の様子を椽は満足げに見つめながら、

「……もう少し、続けて平気か…？」

問いかけてきた。

「ん…、ああ」

「中途半端なとこで、また邪魔されるかもしれねえけど」

毎度、淡雪に邪魔をされているので、もしかするとここで止めておいたほうが楽かもしれないなと思う。

だが――もしかしたら、と淡い期待もしてしまうのだ。

そんな椽の心中を察して、倉橋は笑う。

「それは、その時だよ……、しよう」

ストレートな、倉橋らしい誘い文句に椽は苦笑する。

そして、やっぱりこの人が好きだと改めて思うのだ。

「……念のために、あっちへ移ろうぜ」

椽は少し先に敷いてある布団にちらりと目をやった。

「移動した途端、なんて可能性もあるけど」

「それならそれで、諦めつくだろ」

そう言って椽は倉橋の体を起こす。倉橋はまとわりついていたパジャマの上衣を脱ぐと、下肢や腹のあたりを汚す自身の蜜を雑に拭う。

「立てないなら、抱いて行くが」

「まだ、そこまでじゃないよ」

椽の申し出を断り、倉橋は数歩先の布団へと膝で歩いて移動していく。

そのあとを椽はすぐに追い、カラーボックスにしまわれたケースの中から潤滑ローションのボトルを手に取った。

その蓋を取る前に、倉橋が椽の手からそれを取り上げる。

「どうしたんだ？」

やっぱり嫌なのかと言外に含ませると、倉橋はボトルを横に置き、椽のパジャマのボタンを外し始めた。

「俺だけ寒い思いをさせるつもり？　不公平」

笑う倉橋の手をそっと取り、椽はパジャマのボタンを外すと脱ぎ棄てる。

下まで脱がせるつもりはなかったらしく、倉橋は満足そうに口元に笑みを浮かべると、布団の上に横たわる。

その倉橋に見せつけるように、椽は倉橋が脇に置いたローションボトルを手に取ると、今度こそ蓋を開いて中身を手のひらに出す。

指にゆっくりと塗す様に倉橋の喉が動いた。

倉橋は意識していないだろうが、男としての矜持が強い。

それが徐々に崩れていく様子に椽はたまらなく煽られる。

いや、椽にだけ崩すのを許している感じがするのだ。

「足……」

促すように言えば、片方の膝を立てて、少し開く。

両足の狭間の後ろの窄まりにローションを塗した指をゆっくりと押し当てた。

「んっ」

何度か途中までしているせいか、窄まりは押し当てられた指を拒むように強張ることもなく、少し力を入れると指を飲み込んでいった。

ローションの滑りも手伝って、あっという間に椽の指が根元まで入る。

少しの間、中を探るようにゆっくりと動かしてから、ふっと指を曲げる。

反応をし始めて蠢いていた襞が吸い付くみたいに椽の指を捉えた。それを引きはがすように、ぐるりと指を回すと倉橋の腰がぴくりと跳ねた。

「ぁ……、あ」

倉橋のささやかな声に椽の口が綻び、少し強めに中の壁を擦るように動かす。

「あぁっ！　あっ……！」

さっきよりも濡れた声が漏れ、大きく腰が震える。

「指、増やすぞ」

言葉とともに奥までうずめられていた指が途中まで引き抜かれ、二本目の指が倉橋の中に入り込んでくる。

ローションの濡れた水音を立てながら、やわやわと蕩け始めた襞を蹂躙していく指先が、倉橋の弱い場所を的確にとらえた。

「あ……っ、ぁ…っ、そこ……」

急激に強い悦楽が沸き起こり、倉橋の腰が逃げようとする。それをもう片方の手でしっかりと押さえつけ、さらに指を使う。

「っ……あ、あ、あぁっ」

倉橋は自分の手で口を覆い、声を抑えながらビクビクと体を震わせる。

触れていない倉橋自身が後ろからの刺激で立ち上がり、またとろりと蜜を零し始めていた。

後ろで得る快楽をすでに倉橋は覚えさせられている。

その先にある愉悦を期待して、蕩け出す体を止める術などなかった。

「ゃ、あ、あぁ、ぁ、っ……！」

手加減なく弱い場所をいたぶられて倉橋の体が不自然にひくつき始める。

椽の指を締めつける肉襞もぐずぐずに蕩けながら痙攣して、終わりのためのもっと強い刺激を欲し始める。

「は、ぁ……ぁっあ、いっ、――ぁ、あ」

がくっがくっと大きく倉橋の体が揺れるのを椽は見つめる。

「ああっあ、あぁ、ッ……」

悲鳴というには甘い声を上げ、倉橋は中だけで達った。

勃ち上がったままの倉橋自身からは透明な蜜だけがとめどなく溢れてはいたが熱を失ってはいない。

それでも後ろは絶頂の余韻に震え続けて、わずかに椽の指がうごめくだけでも、甘く達してしまう。

「……っふ…」

痙攣を続ける中から指を引き抜くだけで、継ぐ息に濡れた声が混ざる。

蕩け切った倉橋の様子に、もう椽は止まれる気がしなかった。

「倉橋さん……」

覆いかぶさり、耳元で囁く。

その声だけでも感じ入るように倉橋は体を震わせながら、それでも閉じていた瞼を開けて椽を見る。

「今すぐじゃなくていい……」

そのまま耳元で囁いた椽の言葉に、倉橋はふわりと笑った。

「……いいよ…それで……」

「あんた……」

眉根を寄せる椽に、引きずる悦楽に震える手を伸ばし、頭を抱きよせて倉橋は口づける。

すべてを与えようとする倉橋の様子に、椽の理性が飛んだ。

むさぼるように口づけて、もう一度倉橋の中に指を突き立てる。

「……っあ、あ！」

蕩け切った肉襞に与えられたそれだけの刺激でまた甘く達してしまい、倉橋の顎が上がり、離れた唇から甘い声を上げる。

椽はもう片方の手で充分に猛った自身を取りだすと、指を引き抜きざま、自身の先端を押しつけた。

そしてそのまま突き入れる。

「あ、あ……」

ぐずぐずに蕩けていたそこは限界まで広がって椽を飲み込んでいきながら、擦られる刺激に収縮を繰り返した。

「——はっ、あ、あ」

小さな愉悦が何度も破裂して倉橋を襲う。

やがて奥まで入りこんだ椽がやっと動きを止めた。

「大丈夫か……？」

気遣う声に応えようとしただけで震えた腹筋がまた中にいる椽を締めつけて、感じてしまう。

わななく倉橋の唇を、椽がそっと指先で触れて、その感触にまた倉橋の腰が跳ねた。

「……っ、悪ぃ、もう俺が無理だ」

何かを堪えるような声で言った椽が腰を引く。

抜けていく熱を引き止めようときつく締めつける肉襞を、乱暴に思える動きで今度は突きあげてきた。

「ぁ、……ッ！」

倉橋の頭の天辺まで、真っ白な何かがつきぬけていく。

過ぎる愉悦に無意識に逃げようとする倉橋の腰をしっかりと摑んで、椽は強く突きあげた。

「ッ、……ぁ、……、イッ、〜〜っ……！」

声も出せないほどの悦楽に体中の神経を侵されて、倉橋は限度なく上りつめ、酷く中を痙攣させる。

中で達するたびに、熱を孕んだまま蜜を零して震える倉橋自身を椽は扱き始めた。

「ぃ……ぁっ！　あ！」

イったまま、自身にまで刺激を与えられて倉橋の腰が不自由に悶えた。

「ひ、――っ、あ、あ、ア……ぁ…っ」

音にすらならない声が倉橋の喉から漏れ、倉橋自身が弾けて蜜が溢れた。

その倉橋の中を、椽は荒々しく犯し尽くして熱を弾けさせる。

叩きつけられる飛沫の感触にすら感じて震える肉襞が、すべてを絞り取るようにして椽を締めつける。

きつい締めつけを楽しみながら、椽は緩く腰を使って、すべてを倉橋の中に注ぎ込み、塗り込んでいく。

倉橋はその度に体を震わせているが、意識はもうほとんど飛んでいるだろう。

微かに声を漏らしてはいたが、完全に脱力していた。

椽はゆっくりと倉橋の中から自身を引き抜いていく。

だが肉襞は刺激に震えてまだ貪欲に絡みつこうとする。

抗いがたい誘惑に椽の体の奥に新たな欲望がともるが、倉橋はとうに限界だろう。

熱をねじ伏せて、すべてを引き抜く。

閉じ切れず、余韻に震えている蕾から、己が放った白濁がゆっくりと漏れだしてくる。

その淫猥な光景に椽は思いが満たされているのを感じながら、倉橋に覆いかぶさり、額に口づけた。

「……ほんとにあんたは…」

どこまで、男前なんだ、と胸のうちで呟いた。

# 7

翌朝、椽が目覚めると、傍《かたわ》らで寝ているはずの倉橋がいなかった。

——どこ行ったんだ。

布団を抜け出し、階下に降りるとすぐに倉橋は見つかった。

居間に腰を下ろし、淡雪を抱いてミルクを与えているところだった。

「おはよう、椽さん」

椽がやってきた気配に気づいて、倉橋は顔をそちらに向ける。

「まさか、あんたのほうが早く起きると思わなかった」

椽は言って倉橋の隣に腰を下ろす。

「俺のほうが寝るの早かったからね。それに、もともとショートスリーパーなんだよ。もう癖になっちゃってる」

「そうなのか」

そう言いながら淡雪を見る。

「今、離乳食解凍してるんだけど、解凍できるまで、お腹が間にあわなそうだからこれはつなぎ。忘れてたんだよね、クーラーボックスから出して部屋に入れとくの」

「淡雪の飯もクーラーボックスにあったのか」

「うん。よくできた冷蔵庫だよ、あれ」

笑いながら言った倉橋は、

「昨夜、あれからいろいろ始末してくれたんだろ？　体がさっぱりしてて、驚いた。ありがとう」

と礼を言ってくる。

倉橋を、ありていに言えば抱き潰してしまってから、できる限り後始末をした。中に出したものをできるだけ掻きだして、体をお湯で濡らしたタオルで拭い、パジャマを着せかえさせてから、シーツを取り替えた布団の上に寝かしなおした。

「別に、礼を言われるようなことじゃねえだろ。当たり前のことだ」

そう言った椽に、倉橋は、

「いい旦那さんを持ったってことかな」

笑って言う。

その言葉に、椽はどんな顔をしていいのかが分からなかった。

「あと、体が思ったよりつらくなくてびっくりしてる。むしろ平気なくらい。わりと覚悟してたんだけどね」

倉橋は本当に驚いている様子だった。

「ああ、それはちょっと力を使った。……あんた今日、夕方から仕事だろ？　それに差し障りが出んのもと思って」

「そうだったんだ……。ほんと優しい、いい旦那さんだよ」

倉橋が言った時、淡雪がミルクを飲み終えたらしく、空気を吸う音が聞こえた。

「ああ、全部飲めたね、えらいね」

倉橋は哺乳瓶をちゃぶ台の上に置くと、淡雪の体を起こして抱き直す。淡雪は橡がいる側の倉橋の肩に顔を預けて、背中を軽くポンポンとたたかれていた。

淡雪はまだ、一人でげっぷができる時とできない時があるのだ。

そのため食後にはこうして立て抱っこで背中に刺激を与え、げっぷを誘発してやらなくてはならない。

淡雪はミルクで多少お腹が落ち着いたのか満足げな顔をしながら、橡の服の袖を掴み意味もなく引っ張って遊ぶ。

基本、赤ちゃんの行動には意味がない。

引っ張りたいから引っ張る、それだけなので、橡もされるがままだ。

それになんと言っても、昨夜は夜泣きをしなかった。

心の底から褒めてやりたい気分である。

そんなふうに思って淡雪を見ていると、不意に淡雪が視線を上げて橡を見た。

そして目が合うと淡雪はにやりと笑った。

——え？

と思った様だが、淡雪はすぐにげっぷをした。

——ああ、げっぷしそうだったから、笑ったように見えた……のか？

そう思う様をよそに、

「はい、じょうずにげっぷできたね」

倉橋は淡雪を抱き直して褒める。

御満悦そうな淡雪を見ながら、

——気にしすぎっつーか、偶然、だよな？

まさか直談判を受け入れて、夜泣きをしなかったなどということではないだろう、と思いつつも内心で首を傾げるのだった。

春が近づき、根深かった雪も徐々に消えつつあった。

「こうたくんがつくったモアイさんも、どんどんとけていなくなってるの。ざんねん」

土曜の午前診療が終わる時刻、散歩を終えて戻ってきた陽は残念そうに報告してくる。

「そういえばそうねぇ。最初はどんどん増えてくのが奇妙な感じがしたけど……見慣れると妙に可愛かったわねぇ」

今日は少し混んでいて、すでに受付は終了しているのだがまだ診察を終えていない患者が少し残っていた。

「こうたくんが、らいねんは、もっときあいいれてモアイさんつくって、おしゃしんいっぱいとってインスタントばえさせるっていってた」

間違って覚えた情報で陽は報告するが、集落の大半の年寄りが「インスタント映《ば》え」で覚えているので仕方ないだろう。

というか、そもそもその用語を誰が最初に使い始めたのかと、薬の準備をしながら涼聖は思う。

――来年、モアイ街道、みたいな感じで有名になりそうだな。

そして、そのうち孝太は原寸大モアイも作ろうとするだろうと踏んでいる。

何しろ「楽しいと思ったことは何でも全力でやってみる」タイプだ。

それを作ってどうするの？　ということは基本考えていないのだが、陽にとっては本当に「いいお兄ちゃん」なので、安心できる。大体は。

「あとね、ゆきがとけてきて、こうたくんがうめてた、たからさがしのミカンがひとつでてきたの！　たべられるかなぁっていってた」

それは安心できない。

いくら雪の中に埋まっていたといってもどうなのだろうか、と思ったが、

「食べられるんじゃないかしらねぇ。大根とかニンジンとか、雪の中で保存しとくとおいしくなるものねぇ」

一人が言い、もう一人も頷いた。

「そうそう。大根が甘ぁくなってねぇ……」

「そうなんだ！　らいねんは、いろんなものゆきのなかにうめてみなきゃ！　こうたくんにこんどいってみるね！」

陽はいい情報を聞いた、とにこにこ顔だ。

「へえ、雪の中に野菜を保存したりするんですねー」

伽羅も興味津々で食いついている。

食に関することはやはり気になるらしい。

「雪中野菜って言ってね。私らが子供の頃は冷蔵庫とかもなかったから、冬はそうやってお野菜を保存して、春まで食べてたのよ」

「でも大雪になると、掘り返すんが大変でねぇ」

「そうそう。掘っても掘っても出てこんと思ったら、違う場所掘ってたりねぇ」

「真っ白でどこがどこやら分からんもの」

お年寄りたちはそう言って笑いあう。

その時は大変な思いをしただろうに、思い返して笑うことができるのは、幸せなことなんだろうと思う。

「伽羅、この薬頼む。じゃあ次は川崎《かわさき》のおばあちゃん、お待たせしました、診察室に入ってください」

涼聖の声に、川崎が立ち上がり診察室へと向かう。

いつも通りの土曜の診療時間はゆっくりと過ぎていった。


土曜の診療は午前で終わりだ。

午後は涼聖が往診に出ることがあるのだが、今日は往診予定がないので診察が終わると三人で帰路についた。

「きゃらさん、おひるごはん、なにつくるの？」

陽がわくわくしながら問う。

「そうですねー、ご飯がわりと残ってますし、ちらほら野菜も残ってるんでチャーハンかオムライスにしようかなと思うんですけど、陽ちゃんはどっちがいいですか？」

分かりやすい二択だが、聞くまでもなく涼聖には答えが分かる。

——絶対に
「オムライス！」

元気に答えた陽に、やっぱりな、と涼聖は思う。

「じゃあ、オムライスに決定。卵は巻くのにしますか？　それとも割るのがいいですかー？」

オムライス一つにしても伽羅はバリエーションを持っている。

かけるソースも時には複数準備しているし、卵も今の、巻くバージョンと割るバージョンがある。

巻くバージョンは普通に薄めに焼いた卵でケチャップライスを巻くものだ。

そして割るバージョンというのは、ふわとろに作ったオムレツをケチャップライスの上に載せ、そこにナイフを入れて開き、ふわとろの中身を露出させるものである。

「どっちにしようかなぁ……」

チャイルドシートに座った陽は腕組みをして真剣な顔で考える。そして、

「おうちにかえって、シロちゃんとそうだんしてからでもいい？」

一人では決められなかったのか、そう聞いた。

「もちろんです。涼聖殿はどうします？」

「手間にならないほうでいい」

「じゃあ、ケチャップライスとスクランブルエッグになるんですけど」

本気かボケか分からないことを言ってくる。

「いや、それオムライスじゃないよな？」

「手間にならないほうがいいって言うから……。ちなみに俺は今日、巻く気分です」

「じゃあ俺もそうしてくれ」

「了解しました」

車の中でのこんなやり取りもすっかり馴染んだ。

それが、少し寂しくも思う。

琥珀の不在が「普通のこと」になっているからだ。

だが、それを口にするのは躊躇われた。

みんな、「琥珀に早く帰ってきてほしい」と思いながら「琥珀の不在」に慣れて、寂しさを感じなくなってしまいそうで。

春には戻ると言った。

その時季は近づいていると思う。

だが、まだ「いつ」とは聞けていない。

全国的には、もう春と言っていい時季だろう。

だが、雪の多いこのあたりでは「春」はもう少し先だ。

どっちの意味での「春」なのか。

聞いておけばよかったと思いながら、せかしているようで聞けなかった。

それはまるで琥珀を責めているようで。

――仮に、このあたりの「春」だとしても、あとひと月くらいのことだろう……。

そのくらい待てなくてどうする、と涼聖は自分に言い聞かせた。


家の前の長い坂道を登り切り、車を門の中に入れて停める。

「陽、すぐチャイルドシートから降ろしてやるから、ちょっと待ってろよ」

涼聖はそう言って、先に車を降りると後部座席のドアを開けた。そして陽のシートベルトを外してやり、車から降ろす。

助手席から降りた伽羅も反対側から後部座席のドアを開けて、持っていった荷物や今夜のおかずにと差し入れられた料理の入った紙袋を下ろす。

「涼聖殿、診療カバンまで手が回らないんで、任せていいですか?」

「ああ」

「じゃあ俺、鍵開けてきます」

伽羅が言い、玄関の鍵を開けに向かう。陽も伽羅とともに玄関へと向かい、涼聖は診療カバンを取りに反対側に向かった。

その時、

「おかえり」

聞き慣れた――そして、今ここにいるはずのない人の声が聞こえた。

その声に涼聖が振り返った時、

「こはくさま！」

陽が、その人の許に真っ先に駆けだしていった。

おわり

# 集落ガチンコ雪合戦

CROSS NOVELS

# 1

それは集落がまだまだ、雪に覆われていた頃である。

雪で真白に化粧された集落の中を、真っ赤なアルファロメオが走る。

その光景は目立つことこの上ない。

診療所の前で、積もった雪で雪だるまを作ったり、雪うさぎを作ったりしていた陽《はる》の目にも、遠くから車がやってくるのは見えた。

その時点で、もう雪遊びをする手はすっかり止まってしまっていて、木々や、家屋に姿を途切れさせながらも近づいてくる車に目が釘付けである。

そして、診療所の前の道路をまっすぐこちらに近づいてくると、陽はピョンピョン飛び跳ねながら手を振った。

「なりさわさん、なりさわさん」

陽の様子に運転席に座った男も笑みを浮かべ、そして診療所の少し手前で車を停めると降りてきた。

「陽くん！」

「なりさわさん、いらっしゃいませ！」

駆けよってきた陽を、ウェルカムで両手で迎え入れ、ハグをするとそのまま抱き上げる。

「久しぶりだね。元気にしてたかい？」

問いかける言葉に、陽は満面の笑みを浮かべて頷いた。

「うん！　なりさわさんは？」

「僕も元気だったよ。陽くんに会えて、もっと元気になったけどね」

可愛くて仕方がないなあ、という顔をして成沢《なりさわ》は返す。

「りょうせいさんがね、もうすこししたら、なりさわさんがくるよっておしえてくれたから、おそとでまってたの。そしたらね、なりさわさんのあかいくるまがとおくにみえて、ちょっとずつちかづいてきたの」

にこにこしながら陽が伝える。

「僕が来るの待っててくれたんだね。ありがとう」

「りょうせいさんも、きゃらさんもまってたんだよ！」

「じゃあ、早速挨拶に行かないとね」

成沢はそう言って一度陽を降ろすと、車の後部座席のドアを開けて、小さな紙袋を取り出した。

それを片方の手に持ち、もう片方の手で陽と手を繋ぎ、診療所の中に入る。

「きゃらさん！　なりさわさん、きたよ！」

廊下を進み、待合室の中にある受付にいる伽羅《きゃら》に陽は笑顔で報告する。

「お久しぶりです、成沢さん。遠いところをお疲れ様です」

伽羅が立ち上がり、成沢に挨拶をする。

「こんにちは。しばらくお邪魔するよ。これ、つまらないものだけど」

成沢はそう言って、紙袋を伽羅に渡す。

「え、わざわざ。すみません、ありがたく頂きます」

伽羅は受け取った紙袋の中を確認する。

そこには瓶詰と、保冷袋に包まれた何かがあった。

「えーっとこの瓶は……キャビアじゃないですか！」

伽羅が興奮した時、

「伽羅、声がでけえ」

笑いながら、カルテを持って奥の診察室から受付の中に涼聖《りょうせい》が姿を見せた。

「成沢先生、御無沙汰してます」

「ああ、香坂《こうさか》くん、久しぶりだね」

成沢は軽く手をあげて涼聖に返す。

「これ、いまお土産に戴いたんですよ。見てください、キャビアですよ、キャビア！」

伽羅は興奮する。

「うわ、本当だ……ってことはこっちの保冷袋は…」

「フォアグラだよ」

涼聖の問いに、成沢は軽く答える。

「三大珍味が一度に二つも揃っちゃいましたねー」

伽羅が感動した様子で呟く。

「そのくろいつぶつぶ、たべものなの？　ジャム？　のり？」

感動している涼聖と伽羅の様子を、陽は不思議そうに見る。

黒い食べ物、というのは、子供の目にはあまり魅力的に映らない。そして瓶に入った黒っぽい食べ物で陽が想像できるのは、ブルーベリージャムと岩ノリだ。

「キャビアって言って、チョウザメの卵なんだよ」

「チョウザメさんのたまご……。サメさんってたまご、うむの？」

陽が目を丸くする。

その言葉に、

「陽ちゃん、タラコたべたことない？」

そう声をかけたのは診療待ちの手嶋《てしま》だ。

「ある！」

「タラコはタラっていうお魚の卵なのよ」

手嶋の言葉に陽は驚愕の事実発覚、といった顔をした。

「タラコって、おさかなさんのたまごだったんだ！」

「じゃあ、サメさんも、うみにすんでるおさかなさんだから、それでたまごなんだ！」

推理を披露する陽を、誰もが可愛いといった顔で見つめる。

「そうだよ、陽くんは頭がいいね。でもチョウザメって、サメってついてるけど実はサメじゃないんだ」

「そうなの？」

「うん。サメに似てるからサメってついてるだけで、古代魚っていう昔からいる古いお魚さんなんだよ」

付け足された情報に、

「え、そうなんですか？」

驚いたのは涼聖と、そして伽羅だ。

「うん。……ていうか、二人とも、知らなかったんだ？」

意外な方向からの「新事実発覚」な発言に成沢は首を傾げる。

「普段、滅多にお目にかからない高級食材ですし」

「そうですよー、もしかしたら成沢さんは、卵かけご飯感覚でキャビアかけご飯かもしれないですけど」

涼聖に続けて伽羅が笑ってからかうのに対して、

「塩分高すぎなご飯だよね」

笑って返す。その成沢の手を陽は軽く引っ張った。

「なりさわさん」

「何かな？」

「あのね、てしまのおばあちゃん」

陽はタラコについて教えてくれた手嶋を成沢に紹介し、

「あしたのおやつ、つくってくれるの」

そう続けた。

それに成沢は、ああ、と言ってから頭を下げた。

「初めまして、お世話になります、成沢です」

手嶋も椅子から立ち上がると、

「こちらこそ初めまして、手嶋と申します」

丁寧に頭を下げる。

成沢は滞在中の食事を、集落の住民に「有料で」依頼している。

成沢は料理が一切できないというわけではない。簡単なものなら作れる。だが、数日の滞在のために食材を買いこんで、というのは効率が悪い。

それに普通の旅行でも大抵の場合現地の店ですませるだろう。

だが、集落には食事を提供している店がないのだ。

車で町まで行かなければならず、毎食のたびに食べに行くのも手間だし、テイクアウトしてきたものを食べるというのも味気ない。

成沢が以前集落に来た時は香坂家に滞在していて、その際は伽羅が作ったものを食べていたので、成沢が滞在中は伽羅が、ということになると、当然伽羅本人はそう思っていた。

だが、成沢自身が、

「集落の人に準備してもらうっていうのは難しいのかな？　もちろん、有料でお願いできたらってことなんだけど」

と、言ったのだ。

成沢は、涼聖の古巣でもある成央大学附属病院の跡取り息子で、非常に忙しい。

集落に別荘を買ったものの、精々年に一度か二度、来ることができれば御の字といった程度だ。

それでは集落の住民と馴染むなどということも難しい。

そのため、集落住民と少しずつ親しくなるという目的もあって、「食事の世話を頼む」ことになったのである。

しかし、家庭の主婦として台所に君臨してきたとはいえ、身内でもなんでもないよそから来るお客様に料理を振る舞うなどしたことがない、と声をかけられた住民たちは戸惑った。

そんな彼女たちを説得したのはもちろん、陽と伽羅だ。

伽羅は、自分が成沢滞在中に作った、非常に庶民的なメニューを披露し、陽はこれまで各おばあちゃんたちからおすそわけを戴いて自分が大好きな料理を伝えてきた。

そんなものでいいのかしら？　と恐縮しながらも、なんとか引き受けてくれることになったのである。

「陽、これから成沢先生と別荘に行くんだろう？　荷物を取っておいで」

一通りの挨拶が終わった頃合いで涼聖は声をかける。

「うん！　なりさわさん、まっててね。おにもつとってくる」

陽はそう言うとパタパタと小さな足音を立てて待合室を出ていく。

その足音さえ愛らしいと思う、親馬鹿・孫馬鹿な成沢と集落住民である。

陽は言葉通り、すぐに着替えの入ったキルティングのボストン風バッグと手提げのカバンを持ってやってきた。

子供が同じ集落内の家に、三泊するだけにしては大荷物である。

「なりさわさん、おまたせ」

「ううん。全然待ってないよ。荷物片方持たせて」

大荷物なところには触れず、成沢が言う。

「だいじょうぶ、ひとりでもてるよ」

陽は手伝いを断る。

しかし、成沢は笑顔で、

「でも、陽くんの両手がふさがってたら、僕が陽くんと手を繋げないから、片方のお手々空けてくれるかな？」

そう言った。

――たらしだ。

――たらしですね。

涼聖と伽羅はアイコンタクトだけで意思の疎通をさせる。

陽はあっさり手提げカバンを成沢に渡すと、

「りょうせいさん、きゃらさん、いってきます」

そう言って成沢とともに診療所をあとにした。

◇◆◇

成沢が購入した別荘は、週に一度、換気と簡単な掃除が集落住民によってなされている。それは成沢が集落に収めている「管理費」に含まれているサービスだ。

その「管理費」を提案したのは倉橋《くらはし》である。

たまに東京《とうきょう》から来る別荘の人、ではなく、たまにしか来られない集落の住民、という認識を持ってもらったほうがいい、という理由だった。

管理費も、成沢にしてみれば大した額ではないし、たまにしか泊まりに来られない場所だからこそ常に快適さを保っておきたかったので、倉橋の提案をすんなり受け入れた。

そのおかげで、別荘内は清潔だった。長く締めきっていると独特の湿っぽいような、カビ臭いような匂いがあるものだが、それもない。

「おじゃましまーす」

陽が慣れた様子で玄関で靴を脱いで上がる。

それに続いて成沢も玄関を上がるが、成沢はここを購入してから初めての来訪だ。

「へぇ……玄関ってわりと広かったんだ」

写真では見ていたが、実際に来ると、やはり雰囲気が違う。

「うん、そうだよ！」

「そうなんだね。初めて来たから、いろいろ新鮮だよ」

成沢のその言葉に、陽は瞬きをしてから、

「あ、そうか！　なりさわさん、おうちにくるのははじめてなんだ！」

「うん。伽羅さんや工務店の人がたくさん写真を送ってくれたけど、来るのは初めてだね」

「じゃあ、あんないするね」

案内を買って出た。

陽は、時々空気の入れ換えの時にここへ来て、掃除も手伝っていた。

成沢が来るのが決まると、集落の住民の手の空いた数名でいつもより丁寧な清掃を行ったのだが、その手伝いに陽も来ていた。

ここがリビング、ここがおだいどころ、ここがせんめんじょとおふろ……と陽は楽しげに案内をしていく。

その様子を成沢は携帯電話を取りだすと動画に収め始めた。

無論、東京に戻ってから見返すためである。

外科医として、そして後継ぎとして、殺伐とした忙しい日々を過ごす成沢にとって陽の存在は癒やし以外の何ものでもなかった。

定期的に伽羅から送られてくる陽の写真と動画に癒やされ、凌いでいると言っても過言ではないし、なんなら成沢の両親ともそれらは共有している。

「さいごに、ここがねるところ！」

二階に上がって、陽はベッドルームを最後に案内した。

「りょうせいさんが、さむいから、おそとのところでごはんたべるのは、またこんどにしなさいって」

陽は窓際に立ち、外のウッドデッキを指差して少し残念そうに言う。

「確かに、雪も積もってるし風邪をひいちゃうね。今度、雪がない時に来て一緒にウッドデッキでご飯にしようね」

成沢が言うと、陽は笑顔でうん、と頷く。そこで成沢は動画の録画を止める。

「じゃあ、陽くん、ちょっと休憩してお茶でも飲もうか。それから、集落の案内をしてくれるかな?」

そう言って二人で再び一階に下りる。

成沢がキッチンに入り、お湯を沸かしていると、陽が手提げカバンの中からきんちゃく袋を取りだして持ってきた。

「なりさわさん、これ、きゃらさんから」

「伽羅さんから? なんだろう?」

受け取ったそれを開くと、中に入っていたのは個包装のコーヒーや、紅茶のティーバッグ、それから小ぶりの茶筒に入った日本茶の茶葉だった。

「あたらしいのをびんとかでかっちゃうと、なりさわさんがつかいきれないまま、おうちにかえることになるからって」

「ああ、そうだよね」

言われてみればお湯を沸かしているものの、食べるものは集落で世話になるつもりだったので、茶葉にまで気が回らなかった。

「さすが伽羅さんだなぁ」

成沢が感心していると、湯が沸いた。

「陽くんは何を飲む？」

「えっとねこうちゃ！　おさとうをひとつと、はんぶんいれるの」

「分かった。じゃあ、ソファーに座ってて。持っていくから」

それに陽は、はーい、といい子な返事をして、リビングに戻る。

たったそれだけのことにも、成沢は癒やされていた。


お茶を飲んで一息入れたあと、成沢は陽と一緒に歩いて集落に向かった。

別荘は集落のやや外れではあるが、不便なほど離れているわけではない。陽のお散歩コース内だ。

その道路脇には、小さな雪のモアイ像が乱立している。

車で集落に入った時からいくつかモアイの姿は目にしていたが、誰が作っているのか、そしてなぜモアイなのかはよく分からなかった。

「陽くん」

「なに？」

「道にいっぱい、雪の像があるけど……なぜか分かる？」

「モアイさんだよ」

陽はにこやかに答えた。そして、「モアイ」を知っていることに、驚く。

「モアイ、知ってるんだ、陽くん」

「えっとね、こうたくんが、いってた。どこかのとおいしまに、おおきないしでできたモアイさんがたくさんならんでるって」

「こうた君……」

どこかで聞いた名前だと思っていると、

「こうたくんは、ささきのおじいちゃんのおでしさんなの」

陽が説明する。その言葉で、成沢は別荘のリフォーム中に何度も写真をくれたりした人物だと思いだした。

「ああ、別荘のリフォームしてくれてた彼だね」

「うん！　あとであいにく？」

「そうだね。ちゃんと御挨拶しておきたいな」

「じゃあ、あとで、さぎょうばにいくね」

それに成沢は頷いてから、

「どうしてたくさん、モアイが作られてるのかな？」

最初の疑問に戻った。

「こうたくんがつくってるんだよ」

あっさり陽が言う。

「どうして？」

聞き返されて陽は首を傾げる。

「……どうしてだろう？　でも、こうたくん、ちょっとずつふやしてる」

なぜモアイなのか、どうして大量に作っているのかは陽も知らないらしいが、とりあえず孝太《こうた》に会えば分かるだろう。

成沢はそう思いながら、雪道を陽と一緒に進む。

だが、少し歩いた頃、後ろから小さくクラクションの音がして振り返ると、一台の軽トラックが緩い速度で近づいてきた。

成沢と陽は道路の端を歩いていたし、決して邪魔になったわけではないのに、なぜクラクションを鳴らされたのかと成沢が思っていると、

「こうたくん！」

陽が運転席の人物に向かい、手を振った。

どうやら、彼がモアイ作りをしている「孝太」らしい。

「こんにちはっス。陽ちゃん、散歩っスか？」

車を停め、助手席側の窓を開けて身を乗り出しながら孝太は聞いてくる。

「うん！　さっきね、なりさわさんと、こうたくんのはなししてたんだよ」

陽の言葉に孝太は、成沢を見た。

「あ！　別荘のアルファロメオの先生だ！」

「お世話になってます、成沢です」

「こっちこそ、お世話になってます！」

孝太はそう言ってから、ちょっと待ってくださいね、と言うと運転席に戻り、エンジンを止めて軽トラックから降りてきた。

「別荘、もう行かれたっスか？」

「うん、さっきね。一息入れてから、陽くんと散歩に来たんだ」

「不都合とかなかったっスか？　一応、エアコンとかも試運転して確認はしてあるんスけど」

「ありがとう。多分大丈夫だと思うよ。掃除も綺麗にしてくれてあるし、内装も思ったとおりだった」

成沢の言葉に孝太は少し安堵した様子を見せてから、

「もし何かあったら、すぐ連絡ください。住んでみないと分からない不都合とかも出てくると思うんで……えーっと、アドレスは確か写真何回か送ってると思うんスけど、電話も伝えとくっスか？」

孝太がそう言いながら携帯電話を出す。

「ああ、そうだね。電話もあったら安心かもしれない」

成沢も携帯電話を取りだし、連絡先を交換し合う。

「うん、これでいろいろ安心っス」

「こっちこそ安心だよ」

笑って言う成沢に、孝太も笑ってから陽を見た。

「これからどこ行く予定っスか?」

「さんぽしながら、さぎょうばへいくつもりだったの。さぎょうばにいったら、こうたくんがいるとおもってたけど、ここであえた」

嬉しそうに言う陽に、会えたっスねーと孝太も嬉しそうに笑って、二人でげんこつを作ってコツンと当てる。

「作業場行くなら、乗ってくっスか……って言いたいところですけど、道交法違反っスね。先に行って二人が来るの待ってるっス」

ベンチシートなので成沢と陽なら充分乗れる。

乗れるが「乗せていい」とはまた別の話だ。

「うん、またあとでね」

陽が手を振るのに孝太は手を振り返し、そして成沢には会釈をして軽トラックに戻ると作業場に向けて走って行った。

「こうたくんは、いつもはスクーターなんだよ。でも、ゆきがつもってると、スクーターだとあぶないからトラックなの」

作業場に向かいながら、陽は孝太について話す。

集落ではこれまで唯一の若者で、最近になってもう一人「秀人《ひでと》」という若者が来た、という話をしたところで作業場に到着した。

「こんにちはー」

陽が慣れた様子で作業場に入っていくのに続くと、作業場の奥には孝太と、数人の職人らしき男がいた。

「いらっしゃいっス」

さっき会った孝太が出迎えてくれる。

「どうぞ、座ってくださいっス」

先に帰った孝太によって、ちゃんと席が準備されていた。

裏返したビールケースに座布団を置いたものだが、変に「お客様」扱いされていないのが成沢には嬉しかった。

成沢の後継ぎとして、子供の頃から成沢は大抵のところで「丁寧に」扱われてきた。

自分が何者でもないのに、ただ、「成沢の息子」というだけで、だ。

思春期になるとそれがどうにも居心地が悪かった。

その居心地の悪さは、大人になってからも感じることがある。

同業者の中で丁寧に扱われるのはまだいいとしても、そうではない場面でまで、そういう扱いを受けるのは気まずい。

「陽坊、みたらし団子食うか？」

職人の一人が聞いた。

「うん！」

「先生もそれでいいかい？」

続けて聞かれて、成沢もうっかり頷くと、透明のプラスチックケースに入れられ販売されているみたらし団子が回ってきた。陽は一本取り、そして成沢に回す。

「最後の一本、俺のっスから」

孝太は言いながら、ストーブの上のヤカンの湯で人数分のお茶を準備して、配っていく。

そしてお茶とみたらし団子で休憩しながら、成沢は佐々木《ささき》や、工務店の関《せき》など、別荘のリフォームをしてくれた面々と初めて会った。

もしかしたら前回集落に来た時にも会っているかもしれないのだが、その時には孝太も含めてさほど認識はしていなかったのだ。

「しっかし、家を売っといて言うのもなんだが、なんでまたこんな田舎に？　まあ、若先生やら倉橋先生やら友達がいるからかもしれねえとは思うが」

佐々木が心底不思議だという顔で問う。

「いろいろな理由が重なってはいるんですけど、男の隠れ家って、ちょっとロマンがありませんか？」

成沢が言うと、即座に挙手したのは孝太だ。

「あるっス！　隠れ家とか秘密基地とか屋根裏部屋とか、そのあたり、めっちゃ憧れるっス！師匠とかもツリーハウス作ったの絶対その延長っスし。陽ちゃんのツリーハウスとか、しびれるっスよね」

「そう！　陽くんのツリーハウス！　あれ、もう本当にすごいよね。初めてお邪魔した時、作りの丁寧さに感動して、こんなの僕も欲しかった！　って心から思ったよ」

「分かるっス！」

孝太と成沢はやや世代は離れるものの、永遠の少年心で繋がりあった。

そして陽のツリーハウスを作った大人のツリーハウス友の会の面々は、意外なところから突然褒められて少し照れる。

陽は自分のツリーハウスが褒められて御満悦である。

「それで、大人になったら隠れ家的な家を持ちたいとずっと思ってたんですけど、変に近場だとすぐに向こうの知り合いに知られて隠れ家じゃなくなっちゃうんですよね。それなら、どこか遠方で……と思っても、そちらにツテがないと暮らしぶりとか分からなくて。どういった人にお願いしたらいい物件に出会えるのかも分からないし。そう思ってのびのびになってたら、香坂くんや倉橋くんがこっちに居着いて……いいところなんだなと思ったら本当にいいところで。そのうち、こんな物件売りに出ますけどって案内もらって即決って感じです」

そう言ってから成沢は陽を見て、

「あとはここに来たら陽くんもいますし」

にっこり笑う。

「ああ、陽坊が目当てか。それなら分かる」

佐々木が納得したように言い、関たちも頷く。

「まあ、見てのとおり、ここは何にもないとこだが、確かに隠れ家にはいいとこかもしれんな」

「何にもないのがいいんスよ。それだけ自由度があるってことっスから」

笑って言う孝太に、成沢は聞きたいことがあるのを思い出した。

「そう言えば、孝太くん……って呼んでいいのかな?」

「ああ、はい、それで大丈夫っス」

「聞きたいことがあるんだけど、道沿いにずらーっと小さいモアイ像並んでるよね？　あれどうしてなのかな」

その問いに、佐々木も頷いた。

「ああ、またおまえさんが変わったこと始めたなとは思っとったが、あれはなんだ？」

どうやら佐々木も疑問だったらしい。

疑問だったわりに「また変わったことを始めた」程度で放置していたところを見ると、孝太が始めることに特に意味はないのかもしれないと成沢はうっすら予測をつける。

「最初は秀人くんと雪かきの手伝いしてた時に、あとで雪だるま作って遊んでたんス。それを二つくらい並べたんスけど綺麗な丸ってけっこう難しいんスよね。それで面倒になっちゃって……しばらくしてよけた雪をバケツに入れてひっくり返した時に、あ、バケツ原型にしたらわりと楽にモアイ作れるんじゃないかって思って作ってみたら、そこそこうまくできたんで雪かきやった家の目印も兼ねて作り始めたんスよ。そしたらなんか楽しくなってきて、ちょこちょこ増やしてるんス」

どうやら作り始めた理由に大した意味はないらしいが、簡単に作れて楽しかったから、というのは、まだ会って間もないが孝太らしいと成沢は思った。

「来年は、モアイの型作って、もっと早めからガンガン作っていきたいなーって思ってるんス。小学校の校庭を全部モアイで埋めるとか、面白くないっスか？」

校庭中のモアイ。

想像すればかなりシュールだ。

しかし、それに陽は目を輝かせた。

「おもしろそう！」

「そうっスよね！　さすが心の友っス！」

孝太はそう言って上体を陽に近づけて、軽くハグをする。

本当の子供と、子供心を忘れない青年は、強い絆で結ばれているらしい、と成沢は思った。

その「子供心を忘れない青年」こと孝太は、

「成沢さんは今日から三泊するって聞いてるんスけど、それで間違いないっスよね？」

成沢のスケジュールを確認してきた。

「うん、そうだよ」

「明後日の昼、予定あるっスか？　こっちの病院に顔出さなきゃいけないとか、人と会う予定があるとか……」

「どっちもないよ。ここにいる間は、ゆっくりしようと思ってるけど、どうかしたのかな？」

聞いた成沢に、孝太は、

「もしよかったら、なんスけど、雪合戦に参加してもらえないっスか？」

そう切り出した。

「雪合戦？」

問い返した成沢に、

「あのね、おじいちゃんたちのチームと、ボクとかこうたくんのいるチームで、ゆきがっせんするの」

陽が説明する。

「へえ、その二チームで戦うんだ」

「これまで、ずっとわしらのチームが勝ち越しとるぞ」

関がガッツポーズを作って自慢する。

「ハンデで若者チームの人数が少ないんスよ。俺と陽ちゃん、若先生、伽羅さん、それから今年は秀人くんって期待の新人が入るんスけど、琥珀《こはく》さんがいないんで、戦力的には去年と一緒なんス。それで、成沢さんに若者チームへ入ってもらえたらなーって思ってるんですけど、どうっスかね？」

孝太がお伺いを立ててくるが、成沢を見る陽の瞳は完全に、成沢が参加することで決定しているように見える。

それに、陽が参加するのであれば、無論、成沢の答えは、

「うん、いいよ」

しかなかった。

「やった！　貴重な戦力ゲット！」

「ゲット！」

孝太と陽はまた拳をつき合わせる。

「そんじゃ、今夜、作戦会議あるんスけど、時間いいっスか？」

「うん、かまわないよ」

「じゃあ、若先生たちも作戦会議に参加してもらうことになってるんで、診療所の診療終わった時間に集合で」

と言う孝太の言葉に、

「それなら、うちに来ない？　そのほうがくつろげると思うんだけど」

と成沢が提案した。

「え、いいんスか？　せっかくの隠れ家なのに、俺たち招いて」

一応初対面に近いので孝太は遠慮するが、

「隠れ家で作戦会議って、なんかわくわくしない？」

成沢は童心に返った様子で言う。

「するっス！」

「だよね」

「じゃあ、場所の変更、俺から若先生に連絡しとくっス。夕ご飯終わってちょっと落ち着いたくらい……んー、八時過ぎくらいかな。それくらいの時間を目安にして成沢さんちに集合ってことでいいっスか？　若先生は八時半が受付終了だから合流が九時過ぎくらいになると思うんスけど」

「……」

問う孝太に成沢は頷いた。

「もちろん、それでいいよ。香坂くんたちが来るまでに、僕に基本的なルールとか教えておいてもらわないといけないしね」

「じゃあ、夜に行きますね」

「うん、まってるね！」

孝太の言葉に、まるで別荘の主のように陽が返す。

その微笑ましさに、みんな和んだ。

## 2

夜、八時過ぎ。

成沢の別荘に孝太と秀人が連れ立ってやってきた。

「初めまして、後藤《ごとう》秀人です」

玄関先で初対面の秀人が成沢に挨拶をする。

「こちらこそ初めまして、成沢です」

フレンドリーに右手を差しだしてくるのに、秀人は握手で応じる。

「あのね、ひでとくんはすごくあたまがいいの！　クイズのテレビみてても、テレビにでてるひとよりもはやく、たくさんこたえられるんだよ！」

陽がそう言って秀人に尊敬のまなざしを向けると、孝太は、

「今回の雪合戦ではうちの軍師を務めてくれてて、諸葛亮《しょかつりょう》秀人と呼んでるんス」

と続ける。

「だから、本名より長いから、それ」

秀人も即座に返して、笑う。

秀人が集落に来て少し経つが、すっかり集落に馴染んでいた。

「なるほどね。まあ、とりあえずリビングに移動しようか」

成沢が声をかけ、四人はリビングに移動する。

ソファーセットの向こうの空いたスペースにこたつが準備されていた。

何日か前、涼聖の診療所にこたつセット一式の受け取り依頼があり、その後涼聖がここに運びこんだ。

それを夕食を終えて戻ってきてから、陽と二人で組み立てたのだ。

「冬はやっぱりこたつだよね」

「分かるっス……。こたつの魔力に打ち勝てる奴って、いないと思うんスよね……」

四人でこたつに入り、親近感がわきまくったところで、まずは成沢に雪合戦のルール説明が行われた。

年寄り……もとい、オールドブラザーズはネオブラザーズの倍の人数であること、板の防御壁を三つ陣内に設置していいこと、陣内最深部の旗を取られたら負けであること。

この三つがまず基本的なルールだ。

「陽ちゃんだけは防御の盾を与えられててそれを持って進んでいいんス。で、陽ちゃんを狙う時はアンダースローで投げるってことになってるんスけど、それ以外は、超本気の玉が飛んでくるんス……」

「……え？」

思わず成沢は聞き返した。

「草野球でバックホームから投げるくらいの勢いの本気の玉が行き交うっスよ」

「雪合戦ってそんな殺伐とした遊びだったっけ……？」

「合戦っスから。タマの取り合いっス」

マジモードで返す孝太に、成沢は陽を見た。

「陽くん、危ないんじゃないのかな。いくら陽くんにはアンダースローって言っても……」

雪の玉は、かなり固いだろう。剛速球の流れ弾が当たればその痛さはそうとうなものだと容易に想像できる。

しかし、当の陽は、

「だいじょうぶ。タテがあるし、いままであたったことないもん」

ケロリとしている。

「陽ちゃんは、生き残り率、百パーセントなんスよ。ただ、陽ちゃん自身の命中率的なものがちょっとアレなんス」

子供であるがゆえに球威もなければ、コントロールも残念だ。

しかし、すばしっこいのと盾使いの上手さで、これまで生き残り続けている。

「一日に三試合なんスけど、三戦全敗は避けたいっス。去年一勝できたんで、今年もなんとか一勝はしたいんスよね。ってところで、今年は軍師を迎えることができたんス」

孝太はそう言って秀人に視線を向ける。

「軍師なんて大層なものじゃないんですけどね」

秀人は苦笑いしつつ持ってきたファイルから一枚の紙を取り出して机の上に広げる。

紙に打ちだされていたのはパソコンで作ってプリンターで出力したと思しき陣形の図形だった。

「青が自軍で赤が向こうです。孝太くんから聞いたところによると、去年、一昨年と相手チームの壁の位置は変わってないらしいので、今年も大きく変えてはこないと思うんです」

なんと言ってもおじいちゃんたちは経験則で動きますから、新しい戦法は試さないと思うので、と秀人は言う。

「なるほどね。経験は確かに大事だけれど……あまりそこに固執すると進歩がね」

成沢は身を乗り出して図形を見る。

「防御壁に使う板は、縦使いでも横使いでもいいらしいんです。で、向こうが縦横のどっち使いで防御をしてくるかパターンを考えてみて、俺がこの形でこられたら厄介だなってパターンを三つ挙げてみました」

本格的すぎる作戦の練り方をする秀人に、

——雪合戦だよね？

成沢は自問自答しつつ、作戦に耳を傾ける。

その時、玄関のチャイムが鳴った。

「あ！　きっとりょうせいさんたちだ！」

陽はこたつからさっと出て玄関に向かう。

成沢と孝太、そして秀人はそれをこたつの中から見送った。

すでに彼らはこたつの虜囚《りょしゅう》となっていたからである。

「若いっていいよね」

呟く成沢に、孝太と秀人も頷く。

「ためらいなくこたつから離れられるってすごいっス」

「トイレすら限界まで耐えるもんね……」

三人がそんなふうに話しているうちに、リビングに涼聖と伽羅を案内して陽が戻ってきた。

「やあ、お仕事お疲れ様。ご飯は食べた？」

問う成沢の言葉に、

「診療所の冷蔵庫にあったものを軽くつまんできました。あとは家に戻ってから軽く食べます」

涼聖が返し、その間に二人が入るこたつのスペースが調整される。

「作戦会議、どのあたりですかー？」

伽羅が机の上に広げられている紙を見ながら問う。

「まだ全然だよ。僕に基本のルール説明をしてくれたところ。……思ってた雪合戦と違ってて、戸惑ってる」

成沢の言葉に、涼聖と伽羅も頷いた。

「大人の本気ですからねー」

「怪我人が出たりはしないのかい？」

心配する成沢に、

「若先生の世話にならなきゃいけないような怪我人は、今のところ出てないっスよね？」

孝太が涼聖を見る。

「ああ。筋肉痛と、あと雪の玉が当たって青アザができてたりっていうのはあるけど…深刻なものはないな」

あくまでも本気の雪合戦を「楽しむ」レベルで、「ムキになる」わけではないのだ。

「お年寄りの、急激な運動って危ないと思うんだけど……そこまでっていう感じでもないのかな？」

張り切りすぎて、転倒、骨折なんてこともよくある話だ。

ましてや滑りやすい雪の上となればありそうな話なのだが、涼聖の話からするとこれまでそういったことはないらしい。

もっとも「これまではなかった」というだけかもしれないが。

「んー、雪合戦に参加するレベルのメンバーに関してはってことではありますよねー」

伽羅が言うのに、涼聖と孝太が苦笑いする。

「うん？　どういうことかな？」

問う成沢に、三人は目配せをして、それから伽羅が口を開いた。

「集落のお年寄りは全員が雪合戦に参加して問題ないレベルの人ばっかりってわけじゃないんですよー」

「まあ、個人差もあるだろうしね？」

「それもあるんですけど……なんていうか、雪合戦の参加メンバーは、集落で言うところのフィジカルエリートなんですよー」

「……フィジカルエリート…？」

呟いたのは成沢ではなく、秀人だった。

秀人もまだ集落に来て間もない。

陽や孝太に誘われて「年寄りチームとのわりと本気な雪合戦大会」に参加することにはなったが、詳しく知っているわけではないのだ。

年寄りチームがそんな「フィジカルエリート」なんて呼ばれていることも、今、初めて知ったくらいだ。

「えっとですね、初年度の雪合戦のあとみんな自分が思った以上に体力低下しているのを痛感したみたいなんですよね」

伽羅はそのいきさつを語りだした。

『もう年だからな』

などという言葉を免罪符のように使ってはいても、思っていた以上に自分の体が動かない、そしていつまでも疲労が抜けないことに、彼らは危機感を覚えた。

つまり免罪符として使っていた、

『もう年だからな』

が、現実としてのしかかってきたのだ。

それを理解した瞬間、彼らは危機感を覚えた。

このまま本当の「じいさん」になっていいのか、と。

これまでならば、それもまたよし、だっただろう。

しかし、これまでと違うことがある。

それは陽の存在である。

ちょいちょいと木に足をかけて登ったりするだけで、

『おじいちゃん、すごい！』

と目を丸くして絶賛してくれる孫のような存在に、無様な姿を見せたくない。

老いることは仕方のないことだ。

老化を止めようとは思わない。

止められるとも思わない。

しかし、できるだけ長く、陽にとっての「すごいおじいちゃん」でいたいと思った。

それから、雪合戦に参加した面々は少しずつ体を鍛え始めた。

東にいいプロテインがあると聞けば取り寄せて飲み、西にいい筋肉体操があると聞けばプログラムを確認してできる範囲で鍛え、一日一度は必ず散歩をし、週に一度は休肝日を設け……まるで宮沢賢治《みやざわけんじ》の「雨ニモ負ケズ」のように体を鍛え始めたのだ。

「それに拍車をかけたのが、登校日っス……」

伽羅の説明を引き継いだのは孝太である。

「登校日？」

聞いた成沢に孝太が頷く。

「そうっス。大体季節に一度、小学校にみんな集まって、俺と陽ちゃんは真面目に授業受けるんスけど、じいちゃんたちはそこで趣味の会をやったりするんス」

真夏と真冬の開催は避けるが、年三、四回は行われる。

午前中は囲碁会や将棋会のメンバーはトーナメントを楽しみ、手芸クラブのメンバーは作品を展示して見回ったり、ちょっとした発表会だ。

そして昼食は、給食室で集落のおばあちゃんたちが食事を作り、みんなで会議室で食べる。

これだけなら、和気あいあいとした楽しい会である。

が、午後の体育の授業が新たなフィジカルエリートたちを生みだす結果になっていた。

体育の授業という名の、ドッジボール大会である。

雪合戦よりは足元の危険が少ないということで、参加人数も増え、くじ引きでチームが分けられて戦うのだが、やはり勝敗がかかるとみんなそこそこ闘志が湧く。

結果、負けたチームのメンバーがまた体を鍛え始め……、次のシーズンの登校日のドッジボール大会に臨む、という状態である。

「医者としては、体力づくりに励んでくれていて嬉しい限りなんですけれどね」

涼聖は苦笑しながら言う。

「うん…、自分で歩けるお年寄りが多いのはいいことだよね」

返しながらも成沢は半笑いだ。

「もちろん、フィジカルエリートなんて呼ばれるのは一部ですよ。まあ、でも隣の、これまで同じようにあちこちが痛いって言ってたおじいちゃんたちが変わり始めたら、じゃあちょっとだけやってみようか、みたいな感じで、家の中で軽くスクワットとか、そういうくらいのお年寄りが大半です」

「まあ、ちょっと本気で雪合戦に臨んだほうがいいってことだけは分かったかな」

成沢が言い、

「球威とかの計算、変えたほうがいいかも……」

軍師秀人は呟く。

「あー、でも、バテ率は変わってないんで大丈夫っス。老化の進行が遅くなっただけで、老化してないってわけじゃないっスから」

にこやかに孝太は言うが、何気に酷い。

悪気がまったくなさそうなので聞き流しそうだが、結構なことを言っている。

しかしそれに気づく者はいなかった。

「今回もおじいちゃんたちには無駄に走り回ってもらって、持久戦に持ち込んで、動きが鈍ったところを仕留めようって陽ちゃんや秀人くんと相談してたんスよねー」

朗らかに孝太が言い、陽も笑顔で「うん！」と答える。

こうして、作戦会議が本格的に始まった。

◇◆◇

翌朝、成沢は爽やかに目覚めた。

――こんな感じは久しぶりだな……。

そう思いながら体を起こす。

東京にいる時でも、ゆっくりと眠れる時はある。

だがここまで目覚めがすっきりということは少ない。

多分眠りが浅いのだろう。

寝付くまでもいろいろと考えてしまうし、夢の中でも何かしら考えている気がする。

父親の病状は、悪くない。

治ってはいないが、進行度合いが今のところ止まっていると言っていい状態だ。

とはいえ、世代交代のリミットがある程度見えていることを考えれば、やらなくてはいけないこと、考えなくてはいけないことは山積みなのだ。

『隠れ家が欲しい』

という欲求はおそらく、そういった事柄を匂わせるものすべてから逃れられる場所が欲しいという逃避行動からくるものだっただろうと思う。

そんな中で、こっちの総合病院での手術を請け負い、数日滞在して——集落の空気感が気に入った。

涼聖や倉橋という知り合いが集落住民といい関係を結んでいるからこそ、彼らの知り合いである成沢も好意的に受け入れてもらえたのだとは思うが、成沢のことを、ただ、

「若先生や倉橋先生の先輩の医者」

くらいの感覚で接してくれている。

それはものすごく気が楽だった。

「ん……」

隣のベッドで小さく寝がえりを打った気配がして、成沢はそちらに目を向ける。

陽は成沢のいるベッドのほうに体を倒して寝ていて、まだ夢を見ているのかふにゃふにゃ笑っている。

「可愛いなぁ……」

とりあえず携帯電話を手に取り、寝顔を写真に収める。

もちろん、ここに家を買うと決めたのは、陽がいるというのも理由の一つだ。

陽はいろんな人から愛されている。

だがそれは、陽がいろんな人のことを大事に思って愛しているからだろうと思うのだ。

昨日、ここに到着して二人でお茶を飲んでいた時、陽が聞いてきた。

『なりさわのおじいちゃんのごびょうき、よくなった?』

その言葉だけで胸がいっぱいになりそうだった。

陽の言う「成沢のおじいちゃん」は、成沢の父のことだ。

陽と伽羅を東京に招いた時に会っていた。

その時に、正確な病名などは言えるはずもないので言わなかったが、少し具合が悪いという程度に説明したと思う。

そのことを覚えていて、まだ気にかけてくれていたのだ。

『うん、ずいぶんとよくなったよ』

そう返すと、陽は嬉しそうな顔をした。

『じゃあ、もっとげんきになるように、おいのりつづけるね』

どうやら毎日、お祈りをしてくれているらしい。

——多分この子、前世が天使なんだろうな……。

そして天使成分が濃いまま、現世に生まれたんだろうな、と本気で思う。

その天使のために、成沢は朝食の準備をしにそっと寝室を出た。

朝食の準備と言っても、昨日、夕食にお邪魔した永井《ながい》家で準備してもらったものを温めたりするだけだ。

昨日の夕食は届けてもらうのではなく、食べに行くスタイルにした。それは、雪の中届けてもらうのが悪かったからだ。

だが、結果的にそのほうが向こうの家族とも話せてよかったと思う。

そして帰り際に朝食用にと準備されていた材料一式をもらって帰ってきたのだ。

保存容器に準備されたご飯、焼き魚は電子レンジで温め、味噌と味噌汁の具はこちらで味噌汁に仕立てる。

つけてくれていた生卵は少し迷って、目玉焼きにした。

あともう少しで仕上がる、というところで陽を起こしに行く。

「陽くん、朝ご飯の準備ができたよ。食べようか？」

頭を撫でながら声をかけると、少ししてからぼんやりと目を開け、それから何回か瞬きをして、

「なりさわさん……」

どこかまだ現実感の薄い様子で成沢を呼んだ。

――うん、天使。

携帯電話のカメラを立ち上げてスタンバってておかなかったことを後悔しつつ、成沢は微笑む。

「おはよう。朝ご飯だよ」

改めて言うと、パチッと目を開いた。

「あさごはん！」

「うん。食べよう」

「じゃあ、おかおあらって、はみがきしてくる！」

目が覚めてしまえば、いつもの元気な陽である。

ベッドから出ると、ててててっと一階の洗面所へと向かっていく。

成沢も再び階下に下りて、朝食の準備をこたつ机に整えたところで、互いにパジャマ姿のままで朝食だ。

ゆっくりしゃべりながら食べて、服を着替え、借りた保存容器類を洗って伏せ、ある程度水気

が切れるまで、陽が持ってきたリバーシで遊ぶ。

昨日、陽が持ってきた大荷物の大半は「一緒に遊ぶ道具」だった。リバーシ以外にも、ジェンガ、マンカラ、それから絵本が何冊かあった。

「あ…負けちゃった」

「でも、ずいぶん強くなったね。確か前は角三つだった気がするよ」

角二つを陽に先に取らせてのハンデ戦ではあったものの、三つ差という僅差で成沢が勝った。

「たくさんべんきょうしてるの。はやく、かどをもらわなくてもいいくらいにつよくなりたいの」

目標を立てて頑張っているらしい。

もう一対戦してから、水が切れただろう保存容器類を拭いて、借りてきた時の袋に入れ、それを返却しに行くついでに集落の散歩へ向かう。

永井に礼を言って容器を返却し、そのまま散歩を続けていると、成沢の携帯電話にメールが入った。確認するとそれは倉橋からだった。

『おはようございます。昨日からいらっしゃってるんですね』

それだけの文章だ。

「陽くん、ちょっと待ってね」

陽に断りを入れて倉橋に電話をかける。

『まさかすぐに電話がかかってくると思いませんでしたよ。お久しぶりです』

少し笑った声で倉橋が言う。

「本当に久しぶりだね。全然連絡をくれないんだから、つれない後輩だよ」

『遠慮してたんですよ。忙しい成沢先生の手を煩わせちゃいけないって』

思ってもない言葉を互いに返し合う。

『今、どこですか?』

「どこだろう?　陽くんと散歩中だよ。さっき、永井さんの家に寄って借りてた食器類を返してきたところ」

成沢が言うと、大体の場所の察しをつけたらしい。

『よかったら、会いますか?　おいしいコーヒーを御馳走しますよ』

「インスタントじゃなく?」

『サイフォンの本格的なものですよ』

「じゃあ、お邪魔しようかな」

その返事に、倉橋は、

『じゃあ、陽くんに後藤さんの家に来てって伝えてください。じゃあ、またあとで』

そう言って電話を切った。

「だれとおでんわ?」

携帯電話をしまうと、すぐに陽が聞く。

「倉橋くんだよ。陽くんと後藤さんの家においでって」

「わかった！　あんないするね」

笑顔で言って陽は歩きだす。

日中に解けた雪が夜の冷たさで凍り、アイスバーンのようになっていて、気を付けないと滑ってしまう。

陽は慣れた様子だが、不慣れな成沢を気遣ってかおそらくゆっくりと進んでいるのだろうというのが分かった。

十五分ほど歩いたところに、目的である後藤家はあった。

陽は背伸びをして玄関のインターフォンを鳴らす。

ほどなく、中から人が出てくる気配がして、玄関扉が開いた。

てっきり倉橋が出てくるのかと思ったら、そこにいたのは軍師——秀人だった。

「あれ、秀人くん……。ここ、秀人くんの家だったんだ？」

目を丸くして成沢が問えば、

「おじいちゃんの家なんです。俺は今、ニートの居候を決め込んでて」

秀人は笑って返し、

「倉橋先生からいらっしゃるって伺ってます。どうぞ」

二人を迎え入れた。

そして促されるまま居間へと向かうと、そこに置かれたこたつの中に倉橋と、そして白髪の男性がいた。

「ごとうのおじいちゃん、くらはしせんせい、おはようございます」

礼儀正しく陽はぺこりと頭を下げる。

「ああ、おはようさん」

後藤と呼ばれた老人は陽を見て笑顔で返し、それから成沢を見た。

「東京から来られとる、別荘の先生じゃろ?」

「初めまして、成沢と言います」

「昨夜は孫が世話になった。ああ、こたつに入ってくれ」

後藤の言葉に陽がちょこんと座ってこたつに足を突っ込み、成沢もその隣に座る。

「元気そうだね」

成沢は座ってミカンの皮をむいている倉橋を見て言う。

「おかげさまで。俺、今日昼から勤務なんです。そのあとのシフトを考えたら今しか会えないと思ったんで」

呼びだした理由をついでに倉橋は答える。

「コーヒーを理由に成沢さんを呼んだって聞いたんですけど、コーヒー、ブラジルと、モカと、ブレンドがありますが、どれにしますか?」

秀人が問うのに、成沢は苦笑いした。

「秀人くんが淹れてくれるんだね。てっきり倉橋くんが新たな趣味の腕前を披露したいから呼んだのかと思ったんだけど」

「新たな趣味の開拓ができるほどの時間はまだないんですよ。味は保証しますよ」

にっこりと笑って言う倉橋に、ハードルをあげないでください、と秀人も返す。

「ごめんね、こんな後輩で」

倉橋の所業を秀人に謝りつつ、ブレンドをお願いできるかな、と注文する。

その言葉に秀人が頷いて、すぐ隣の台所に向かうと、陽はサイフォンを見たいのかするりとこたつを出てそちらに向かった。

「成沢先生も、明日の雪合戦、参加するんですね」

倉橋が言うのに成沢は頷いた。

「昨日、作戦会議があったんだけど……もしかして本物の戦なの？　あれ」

成沢の言葉に倉橋と後藤が笑う。

「まあ、やるからには全力だよね、俺は参加したことないけど」

「え？　そうなんだ」

「シフトがなかなか合わなくて」

「ああ、それで」

納得した成沢に、

「わしは参加するぞ」

後藤が笑いながら言う。

「え、じゃあお孫さんと敵チーム同士ですか？」

「おかげで、日常会話が殺伐としてるよ」

「いくら孫と言っても勝負がかかれば別じゃ」

仁義なき戦いじゃからな、と後藤はうそぶく。

それに笑っているうちに、コーヒーが運ばれてきた。

「お口に合うといいんですけど」

秀人がそう言って成沢にコーヒーを出す。陽はカフェオレにしてもらったらしい。

「いただきます」

そう言って一口飲む。

「ん……おいしいね。これ、どこの豆？」

「どこの、というか…適当に自分でブレンドしてるんです」

秀人が言うのに、

「適当、なんて言ってますけど、豆を生の状態で仕入れて、焙烙《ほうらく》で焙煎《ばいせん》してるんですよ。本当に贅沢な趣味の一杯って感じでしょう？」

倉橋が言う。

「そうなんだ……。コーヒーを自分で焙煎から、か…。いいねぇ」

「でしょう？　夜勤明けで帰ってきて秀人くんがバリスタ開店前だったら、本当にラッキーっていう感じで飲んでから寝てるんですよ」

倉橋が言うのに、秀人は笑いながら、

「カフェイン摂取してもすぐ眠れるってすごいですよね」

と返す。

「とか言って、無水カフェインでも効かないレベルの仕事したこともあるでしょう？　元官僚なら」

倉橋の言葉に成沢が目を丸くする。

「え、そうなの？」

「駆けだしのぺーぺーの状態でドロップアウトしたので、官僚なんていうのもおこがましいレベルですよ」

前職に多少思うところがあるのか、秀人は控えめに笑って言う。

倉橋は、一緒に暮らしていてそのあたりの機微が分からない男ではないので、ここはあえて成沢に伝えたと思うべきだろう。

「元官僚で諸葛亮なニートって、ずいぶんハイスペックだね」

とりあえず、軽く笑ってそこで話を終わらせる。
——ここでこのまま埋もれさすには惜しい人材がいるってことかな。
倉橋の意図をとりあえずはそう解釈しながら、コーヒーを楽しんだ。

3

さて、集落から少し離れたところにある神社の神域では一人の美しい女神が深い深いため息をついていた。

月草《つきくさ》である。

「あああ、足りぬ…足りぬのじゃ……」

切なげに訴える。

それに胸のうちで、

――そろそろ来ますよ。

――来るな。

心の兄弟ラインで言葉を交わし合うのは、狛犬《こまいぬ》兄弟の阿雅多《あがた》と浄吽《じょううん》である。

ちなみに本日の狛犬業は他の狛犬が担当している。二人は今日は非番――という名の、月草の世話役である。

「陽殿にもうどれほど会えておらぬであろう……！　会えぬというのに仕事ばかり増えて、もうわらわは限界じゃ！」

陽を溺愛し、基本的に月一で『妖力を預かりに行く』という名目で愛でに行っている月草だが、神様業界において年末年始はデスマーチである。

十二月に入ればもう正月の準備で忙しく、正月に一斉に参拝客が押し寄せて多種多様な願い事をかけていき、それらを振り分けるだけでひと月などあっという間に終わる。

「もう無理じゃ、バレンタイン、バレンタインまで待てぬ！」

翌週にバレンタインを控え「当日直接渡したいのじゃ」と可愛らしいことを言っていた月草だが、どうにも耐えられなくなったらしい。

——まあ、もったほうだよな。

——一月中に言うかと思ってましたしね。

阿雅多と淨吽は再び心の中で会話をしあう。

そして、一拍置いてから淨吽が口を開いた。

「月草様、一日、というのはいささか難しいのですが……数時間であれば、なんとか時間を割くことは可能かと」

『陽殿に会いたい病』に罹患すると、月草の仕事効率は著しく低下する。

それならば多少無理にでも時間を捻出して陽に会わせたほうが、そのあとの月草の仕事効率が上がるので、かえってプラスなのだ。

「数時間……」

「そのような短時間では焼け石に水とおっしゃるのであれば……諦めていただくほかなく」

その浄吽の言葉に、月草は頭を横に振った。

「数時間でもかまわぬ！　ただ、その数時間というのは具体的に何時間なのじゃ！　それによっては陽殿との過ごし方をいろいろ考えねばならぬ」

真剣そのものの表情で詳細を求めてくる。

短時間なればこそ、有効的に時間を使いたいのはよく分かった。

「陽殿の予定も聞かねばなりませんから、しばしお待ちいただけますか」

浄吽はそう言って一度月草の部屋を退室した。

そして外に出ると携帯電話を取りだし、連絡用のアプリでまず伽羅に連絡を取った。

『伽羅殿、今、お電話しても大丈夫でしょうか？』

するとややして向こうから電話がかかってきた。

『あー、浄吽殿、御無沙汰してますー。どうかしましたかー？』

いつも通りの柔和な声と口調で伽羅は問いかけてきた。

「こちらこそ、御無沙汰しております。お忙しい中申し訳ありません。実はですね、月草様が陽殿と近々お会いしたいとおっしゃられて……。その数時間ほどなのですが…陽殿のご予定はいかがかと思いまして」

浄吽の言葉に伽羅が少し笑った気配がした。

『バレンタインまでもちませんでしたかー』

「もっと早くにもたなくなるか、もしくはだましだましいけるかのどちらかかと思ったのですが、無理でした」

『そうですねー、今、陽ちゃん、集落に遊びに来てる涼聖殿の御友人のお宅にお泊まりに行ってるんですよねー。明後日にはお帰りになるんですけど……』

そこまで言って、伽羅は何かを思いついたように『あ!』と言ってから、続けた。

『明日、二時過ぎくらいからなんですけど、陽ちゃん、集落の人たちと雪合戦するんですよ。月草殿さえよければ、陽ちゃんの勇姿を観戦されたらどうですかー? 普段と違う陽ちゃんの姿もいいと思うんですけど』

「雪合戦、ですか」

伽羅の言葉に浄吽の脳裏に浮かんだのは、小さな手で雪の玉を懸命に作り、それを不安定なコントロールで投げる非常に愛らしい陽の姿だ。

——これは、萌える。

「いいですね! 月草様に提案してみます!」

『もし、いつもみたいに陽ちゃんと二人きりが御所望でしたら、明後日の夜からなら陽ちゃんがフリーになるんで、予約OKです』

笑いながら伽羅が返してくるのに、浄吽は、月草の返事を聞いて改めて連絡をします、と言って電話を切った。

そして月草の部屋に戻る。

月草は、膨大な『陽殿思い出コレクション』写真集の中から、厳選したシリーズを手に取り見入っていたが、浄吽が戻ってくると即座に聞いた。

「陽殿の予定は？　いかがであった？」

「今、集落に涼聖殿の御友人の方がいらっしゃっているそうで、陽殿はその方の家にお泊まりになっているそうなのです。もし、いつも通り陽殿と二人でお過ごしになりたいのであれば、最速のタイミングは明後日の夜と……」

「明後日の夜……」

すぐにでも会いたい月草にとって、明後日の夜というのはいささか遠かった。

そこに浄吽はたたみかける。

「ただ、陽殿は明日、集落の方たちと雪合戦に参加されるそうなのです。もしよければ陽殿を応援にいらっしゃらないかと」

「雪合戦……」

「はい。集落の皆様と楽しげに過ごされる様をご覧になるのは、月草様も初めてではないかと思うのですが……」

浄吽の言葉に月草は集落の住民に愛されまくっているだろう陽の様子を思い浮かべる。

自分一人を見て微笑んでくれる陽の姿は無論尊い。

しかし、多くの者から愛されている様というのは見たことがない。

――わらわの知らぬ顔で笑ったりするのやも……。

そして、雪合戦である。

陽からは、雪合戦の話を聞いたことがあるが、見たことはない。

初めて見る陽の姿、プライスレス。

「雪合戦をする陽殿の姿が見たい！　それで話を詰めてたもれ」

月草は決意する。そんな月草に、浄叶は念のために付け足した。

「その場合ですと……陽殿はお客様のお宅にお泊まりになっているということなので、お会いできるのは、明日の午後二時過ぎから五時程度までのお時間となりますが、それでも大丈夫でしょうか？」

約三時間である。

普段の緊急的逢瀬から考えても短い。

しかし、月草は頷いた。

雪の上をキャッキャと跳ねまわる陽の姿で頭の中はいっぱいだった。

「それでかまわぬ。頼むぞ、浄叶」

「かしこまりました。では、それで伽羅殿と話を詰めます」

「うむ」

納得した様子を見せた月草の部屋から、狛犬兄弟は辞する。

そして浄吽はすぐに伽羅に『明日、雪合戦を見に月草様と伺います』とアプリで連絡を入れておいた。

場所や詳細はあとで連絡してくれるだろう。

「雪合戦で助かりました。雪合戦が終わればすぐにこちらに戻れますし、思った以上に月草様のお時間が節約できます」

もしかしたらやる気になった月草が、帰ってすぐに仕事に取りかかるかもしれない。

そうすれば三時間の遅れなどあっという間に解消できるだろう。

「浄吽、おまえ本当に月草様の手綱《たづな》さばきがうまいな……」

感心した様子で言う阿雅多に、浄吽はにこりと笑った。

「手綱さばきって言われると、私が月草様を操縦してるみたいじゃないですか。私は月草様の希望を最大限叶えつつ、仕事も滞りなくこなすために腐心しているだけですよ」

もっと効率よく、そして更に月草が快適に仕事をするにはどうすればいいか。

――プロジェクトマネジメントの本を読んでみるのも手かもしれませんね……。

そんなことを本気で思う浄吽の本業は狛犬である。

プロジェクトマネジメントに精通しようとする狛犬。

神様界も、いろいろカオスなようである。

◇◆◇

月草が雪合戦の観戦を決定した頃、陽と成沢は本日のおやつ休憩に手嶋の家を訪れていた。

インターフォンを鳴らして少し待つと、インターフォンが繋がる音がした。

それを聞きつけ、

「おばあちゃん、こんにちはー」

陽が挨拶をすると、すぐにインターフォン越しに、

『ああ、陽ちゃんね。開いているから入って来て』

手嶋の声がした。

陽が「はーい」と返事をして、玄関のドアを開け、成沢と一緒に中に入る。

家の中はふんわりと甘い香りがしていた。

「おじゃましまーす」という陽に続き、成沢も「お邪魔します」と断って玄関を上がる。

迷いなく歩く陽について行くと、そこはリビングだった。

いわゆる昔建てられた一般的な民家という感じの手嶋家ではあるのだが、置いてある家具など

がヨーロッパ調で、サロンといった雰囲気があった。

「出迎えもしなくてごめんなさいね。どうぞおかけになって」

キッチンから出てきた手嶋がソファーを勧める。

「こちらこそ、無理を言ってしまってすみません、失礼します」

成沢はそう言ってソファーに腰を下ろす。その隣に陽もちょこんと座った。

「紅茶でいいかしら？　いくつか茶葉があるのだけれど、好みのものがあれば」

手嶋はそう言ってトレイの上にいくつかの缶と可愛らしい個包装パッケージのものを載せてもってきた。

「いろいろあるんですね」

「若い頃から好きでいろいろ試して…やっとこの数に落ち着いた感じかしら」

笑う手嶋に、陽は猫のパッケージのものを選んだ。

「ボク、このねこさんのにする」

「陽ちゃんはこれね」

手嶋はそう言って陽が選んだものを端によける。

「僕はあまり紅茶に詳しくなくて……お任せしていいですか」

「ストレートとミルク、どちらがいいかしら」

「ストレートで」

「ストレートね」

手嶋は確認すると、キッチンに戻る。

「てしまのおばあちゃんのところで、よくみんながおちゃかいしてるの。きゃらさんが、

「おかしをならいにきてるときは、つくったのをあとでみんなでたべて、おしゃべりしてたの」

陽の言葉を聞いてなるほど、と成沢は思った。

おそらくここは「御近所サロン」のようなところなのだろう。

そう思えばこの空間も納得できた。

ほどなく、手嶋が今日のおやつと紅茶を淹れて戻ってきた。

「あ、フルーツタルトだ！」

目を輝かせる陽に、手嶋は目を細める。

「おかわりもあるから、たくさん召し上がれ」

そう言ってからこんどは視線を成沢に向ける。

「紅茶はダージリンのファーストフラッシュの茶葉にしました」

「ダージリンは知ってますが、ファーストフラッシュ？」

問い返す成沢に、

「収穫時期の一つですわ」

「へぇ」

「日本茶でも一番摘み茶とかありますでしょう? ダージリンは茶葉の収穫時期が三つに分かれるんですよ。ファーストフラッシュは三月四月頃……そうねぇ、早摘みと言ったところかしら。メインの時期はセカンドフラッシュで五月から六月頃。この時季のものが一番おいしいと言われてるの。最後がオータムナルで十月頃ね。深い季節になるに従って味も濃くなるんだけれど、それだけ渋みも強くなるの。フルーツタルトだと渋みが気になることもあるから、ファーストフラッシュを」

手嶋は嫌みなく、さらりと説明する。

「当然のことかもしれませんけど、紅茶も奥深いですね」

「趣味の道はなんでも、今の人たちの言葉で言うと『沼が深い』のかしら」

そう言って手嶋は笑う。

「きゃらさんは、たくさん、ぬまにはまってるって、りょうせいさんがいってた」

タルトに夢中かと思えば、陽は話を聞いていたらしく、そんな情報を挟んでくる。

「伽羅ちゃんは多趣味だものねぇ」

「うん!」

陽は頷いてから、

「ピザでしょ、カレーでしょ、それからてしまのおばあちゃんに、おかしつくるのならってるでしょ。あと、きたはらのおばあちゃんにカルトナージュもならってるでしょ」

伽羅の「沼」を指折り数えていく。

「本当に多趣味だね、伽羅さんは」

「でも、どれもそれなりの域までもっていくのが、本当にすごいと思うわ」

手嶋の言葉に頷きながら成沢はタルトを切り分け、口に運んだ。

「ん……おいしいですね」

「そうでしょう！　おばあちゃんのタルト、いつもすっごくおいしいの！」

陽は即座に同意する。

「お口に合ってよかったわ」

「お若い頃、どこかで修業されたとか、ですか？」

ええ、昔ちょっとル・コルドン・ブルーで、なんて言われても納得させられそうだなと成沢は思ったのだが、

「いえいえ、趣味で長くやってるだけですよ。夫が洋菓子が好きだったもので……最初の頃は酷いものでしたよ。気泡でぼそぼそのスポンジだったり、全然膨らまなくて、クリームを入れるすき間のないシュー生地だったり、次は膨らみすぎて割れてしまったり」

失敗談を手嶋はコロコロ笑って話す。

「夫が亡くなってからは、しばらく作らなかったんだけど……この年になるとケーキはワンピースで充分になってしまって。でも小さな型で作っても、四人分くらいになっちゃうでしょう？

若ければ『パンがなければケーキを食べればいいじゃない』っていうのを実践できたかもしれないけれどねぇ」

そう言ってやはり笑ってから、

「そうしたら陽ちゃんが来てくれるようになって、お菓子が大好きだって言うから、また作るようになったの。結局作るのが好きなのねぇ」

納得したように言う。

「趣味だけで終わるのはもったいない気がしますね。午前中、後藤さんのところのお孫さんのコーヒーも御馳走になったんですけど、あれも趣味だけに止めるのは、と思いましたよ」

「あら、秀人ちゃん、コーヒーを淹れるのが上手なのね。初耳だわ。じゃあ、今度コーヒーに合うお菓子を作って持って行ってみようかしら」

手嶋はそう言ってウキウキし始める。

どうやら本当にお菓子作りが大好きらしい。

その様子に成沢は少し憧れめいた気持ちを持った。

自分にとってそこまでの「趣味」がないからだ。

もちろん、あっても今は楽しむ余裕がないが。

手嶋家でお茶とタルトをごちそうになり、残ったタルト二切れを手土産にもらって、陽と再び集落の散歩に戻る。

朝、家を出てからずっと集落をあちこち散歩しているが、陽の散歩ルートは多岐にわたり、飽きることがない。

陽しか行かない道もあるらしく、そんな場所の雪道は『獣道』ならぬ『陽道』になっていた。

「陽くん、タルトだけど、診療所に寄って香坂くんと伽羅さんのお土産にしてもいいかな」

もしかしたら陽は夕食後の楽しみにしているかなと思ったのだが、

「うん！　じゃあ、いまからしんりょうじょへいく？」

あっさり承諾した。

二人で診療所に行くと、涼聖と伽羅は午後の診療に向けて準備中だった。

「りょうせいさん、きゃらさん、おみやげもってきたよ！」

陽が声をかけると、

「受付時間前に誰が来たのかと思ったら陽と成沢先生でしたか。陽、いい子にしてるか？」

受付の中から涼聖が聞いた。

「してるよ。ね？」

陽はそう言って成沢を見上げる。

その様子だけで思わず携帯電話を構えたくなる勢いである。

「もちろん。こんな可愛い、いい子は、滅多にいないね」

手放しで褒める成沢に、陽は照れたように笑う。

「ああ、香坂くんたちは陽くんのこんな可愛い姿を毎日リアルで見てるんだね。うらやましくて仕方がないよ……」

しみじみ言いながら、

「あ、これ。さっきマダム手嶋のところで戴いてきたフルーツタルト。残った分を持たせてくれたから二人へおすそわけにと思って」

成沢は手にしたケーキボックスを受付のテーブルに置く。

「え、いいんですか？　二人とも、夕食後のデザートとかには？」

「ううん。おいしかったから、おそそ…おすそわけ」

成沢の言葉を真似して陽も言う。

「じゃあ、ありがたく今夜いただきます」

涼聖が言うのに、成沢は頷いてから、

「この集落、あらためてゆっくり陽くんと回ってるけど、いろんな人がいて楽しいね。バリスタ並みにコーヒーを淹れるのが上手な子がいたり、昼食をいただいたおうちも、料理自体は素朴なのになんていうのか滋味があるっていうのか…、昨日もだけど久しぶりにご飯をおかわりしちゃったよ」

手放しで褒める。

「店で食べるのとはまた違うでしょう?」

涼聖の言葉に成沢は頷く。

「うん、違うね。かと思えばマダム手嶋のところはプライベートサロンみたいで、玄人《くろうと》はだしっていうよりプロの域だしね」

「そうなんですよー。手嶋のおばあちゃん、本当に『マダム』って感じですよねー」

伽羅が深く同意する。

「でも気取りがなくて、落ち着くっていうか。二人がここから離れないのが分かる気がするよね。気がつけば倉橋くんも家を買ってるし……」

「倉橋先輩に会ったんですか?」

涼聖が問う。

「うん。あさ、くらはしせんせいからおでんわかかってきて、ごとうのおじいちゃんのところへいって、ひでとくんにコーヒーいれてもらったの」

陽が説明する。

「ああ、バリスタみたいな子って秀人くんのことでしたかー。俺も一度、秀人くんのコーヒー飲んでみたいんですよねー」

うらやましそうに言う伽羅に、

「ひでとくん、いつでもいれてくれるとおもうよ」

陽は気軽に言うが、大人になると本当に「いつでも」というわけにもいかなかったりするのだ。

「まあ、先の楽しみに取っておきます」

伽羅はそう返してから、

「あ、そうだ。月草殿が、明日の雪合戦、見に来るって言ってましたよー」

陽に月草参戦を告げる。

「ホントに？　やった！」

ぴょん、と陽は跳ねて喜んだが、涼聖は驚いた。

「え、月草さんが？」

「ええ。短時間しかいられないみたいですけどねー」

短く伽羅は言う。

「明日、誰かお客様が来るのかな？」

成沢が首を傾げて問う。

「ああ、琥珀たちの知り合いで……陽を可愛がってくれてる人なんですけど」

どう説明したものか涼聖は困る。だがそれをさらりと伽羅が引き継いだ。

「わりと忙しい人でしょっちゅうっていうわけじゃないんですけど、陽ちゃんに会いに来たり、陽ちゃんを遊びに連れて行ったりしてくれてる人なんですよー。涼聖殿は休みの日でも患者さんが気になるから遠出するのをためらっちゃうんで、その代わりに陽ちゃんを泊まりで旅行に連れて行ってくれたりとか」

「つきくささまは、すごくきれいなの。きれいでやさしいの」

陽も説明を付け足す。

「へえ、そうなんだ。気になるなぁ」

「明日のお楽しみですよ。陽ちゃんが雪合戦に参加するって言ったら、ぜひ見たいって言って。陽ちゃん、格好いいところ見せないとですねー」

伽羅の言葉に陽は元気に頷いた。

「うん！　がんばる！」

陽が返した時、診療所の扉が開く音が聞こえた。

時計を見ると間もなく五時で、受付開始時刻が近づいていた。

「もうこんな時間だね。じゃあ、そろそろ陽くん、一度家に戻ろうか」

成沢がそう言うのに陽は頷き、二人は帰って行く。

それを見送り、午後の一人目の患者の受付を終えてから、涼聖は伽羅を診察室のほうへと呼び入れた。

「月草さんが来るって本当なのか？」

「ええ。そうですけど……まずかったです？」

伽羅は首を傾げる。

「いや、マズイっていうか……人間の前に姿を出して大丈夫なのか？」

琥珀もだが月草も神様だ。

みだりに人前に出ていいとは思えないし、月草のゴージャスさは浮世離れしている。

この集落であのゴージャスさはかなり浮くし、ないとは思いたいが身バレしそうな危険性を感じてしまうのだ。

その不安を口にすると、伽羅は笑った。

「大丈夫ですよー。一応、できる限り神様オーラはオフって来てくださいって伝えてありますし、それに今さらですよ」

「今さらって、なんだよ」

「だって、月草殿、玉響《たまゆら》殿と二人で普通に人界へ買い物に行ったりしてるんですよー？　陽ちゃんと秋《あき》の波《は》ちゃん連れて遊びに出かけたりもしてるじゃないですかー」

そう言われてみればそうだ。

神界でも有名な美女二人が『非公式』に人界で落ち合って、いろいろと楽しげに過ごしているのは今に始まったことではなかった。

単純に、今まで集落でそれが行われてこなかったというだけで。

「まあ、非常識なレベルで美人ってとこを除けば、月草殿は陽ちゃんガチ勢っていう共通点があるんで、すぐに集落の皆さんとも打ち解けると思います」

伽羅の見立ては間違っていない。

間違っていないのだろうが、複数の神様たちと同居していながらも常識的な人間である涼聖はそこはかとない不安を抱くのだった。

# 4

翌日は快晴で、絶好の雪合戦日和《びより》だった。

会場は集落の真ん中にある田圃が使用される。

そこが一番、集まるのにちょうどいい距離だからだ。

午前中は準備である。

防御壁となる戸板、そしてそれを立てるための脚立が運び込まれた。

そして無害の塗料でコートの線が引かれ、ふるまいぜんざいのためのカマドが三つ、コンクリートブロックで設置される。

三つあるがぜんざいの寸胴《ずんどう》鍋に使われるのは一つだ。

一つは、飲み物のお湯用で、もうひとつは餅焼き用である。

もっともぜんざいのカマドが一つ空けば、そこは酒の燗《かん》製作のカマドになるわけだが。

昼過ぎからぼちぼちと田圃に人が集まり始める。

有志の各家庭から半分仕込みが終わった状態のぜんざいが鍋で持ち寄られ、寸胴鍋で一つにされ、最終的な味付けは現場でなされる。

「今年の試合で賭けんか？」

「若いのが何勝するかか？」

「それだと面白くねえだろう。じいさんたちが勝ち残った時の人数じゃ」

なかなか細かいトトカルチョがあちこちで始まる頃、オールドブラザーズとネオブラザーズの両チームのメンバーが田圃に姿を見せ始める。

戸板を設置するための脚立をそれぞれのチームコート内に置き始めるが、

「おうおう、そんな位置でいいのか？　すぐに突き破っちまうぞ？」

オールドブラザーズの関からの分かりやすい煽りに、

「今年は一味違うってとこ、見せてやるっスよ」

ネオブラザーズの代表孝太がオラオラ感をわざと出しながら返す。

こんな茶番も、毎年のお約束だ。

「天気予報見ても風がなさそうだから、予定通り一回戦はこの位置の防御壁からで……」

作戦ファイルを見ながら諸葛亮秀人が指示を出す。

今年は、主軸となる佐々木と関に集中砲火し、その合間を縫って進軍してくる他のメンバーを各個撃破し、こちらからは進軍しない、というのが一回戦目の作戦だ。

長期戦に持ち込めば体力的に有利である。

相手チームを陽動するのは、盾を持って自在に動ける陽だ。

「おじいちゃんたちの性格からして、陽くんが出て来るとかまわざるを得なくなると思うので、その隙が狙いどころです」

冷静に、なかなかえげつない作戦を立てる秀人である。

その作戦を聞きながら、みんな武器となる雪の玉作りに余念がない。作った雪の玉は持参したお盆に載せて各自ストックだ。

そうこうするうちに肩慣らしの投球練習が始まる。

オールドブラザーズの主砲、佐々木が玉を投げると、ブゥンッ…っと空気を切り裂くなかなかの音が聞こえる。

「……ねえ、ちょっと本気すぎじゃないのかな」

剛速球が飛び交うとは聞いていたが予想以上で成沢は半笑いになる。

初体験の秀人も同じく半笑いだ。

「大丈夫っス。あの球威《きゅうい》が試合中ずっと保たれるわけじゃないんで」

経験的に、早ければ一試合目の後半にはバテてくるのを孝太は知っている。

とにかく今年は一試合の時間を少しでも長く、というのが目標だ。

そのためには不用意に敵陣へ突っ込まない。

特に最初の試合は専守防衛である。

ネオブラザーズは軽く肩を温める程度に球を投げる。

「僕、昨日の夜気づいたんだけど……雪合戦って初めてかもしれない」

雪の玉を投げながら、成沢はそんな告白をしてくる。

「え？　まじっスか？」

孝太が驚くが、

「あ、俺もそうだよ」

秀人も軽く手を挙げた。

「だよねぇ？」

「はい。だって、雪合戦できるほど積もることって、東京のほうじゃ滅多にないし……。孝太くんも東京だよね？　出身」

秀人の問いに孝太は頷くが、

「スキーとかスノボとかしに行ったついでにしないっスか？」

逆に聞いた。

「スキーとかスノボとかは行ったことあるけど、それだけだよね？」

成沢が秀人に同意を得るように問う。

「そうですね。っていうか、俺、スキーも修学旅行で行っただけなんで、ウィンタースポーツにそんなに親しんでないっていうか」

秀人はそう返したが、とりあえず、スキーやスノボと雪合戦はセットではないらしいことを孝太は初めて知った。

「また兄貴たちに嘘《うそ》教えられてたっス！　腹立つ！」

ガッデム！　と中指を立てそうな勢いで毒づく。

「え、お兄さんたちにそう教えられてたの？」

成沢の問いに孝太は頷いた。

「そうっスよー、大体セットになってるもんだって。あー、だからツレとスキーに行った時、妙な顔されたんだ……。まあ、みんな楽しく雪合戦したっスけど」

どうやら友人たちとスキーに行った時にも孝太は雪合戦を広めたらしい。

なお、孝太が兄たちに教えられた嘘のルールは、
・冬場は必ず金曜日にはお風呂へミカンを入れて食べながら入る。
・中学生になったらビール瓶で、すねを叩いて鍛えるのが男のたしなみ。
などがある。

憤る孝太の肩を涼聖は軽く叩いて頷いた。

「分かる、なんで世間の兄貴たちは、弟に嘘を教えることを通過儀礼みたいに思ってるんだろうな？」

「若先生もっスか！」

「ああ……。俺は、ハンバーグの日はハンバーグを一口食べたらサラダを三口食べるって嘘を教えられて……子供の頃はそれでよくハンバーグを半分ほど残して兄貴たちに取られたな」

「そうなんス！　そういう嘘をすぐ教えるんス！」

男三人兄弟の末っ子同士、傷を舐めあう二人である。

そうこうするうちに試合時間が近づいてきて、

「試合開始一分前でーす」

審判役から声がかかる。

その声に各自、自分の作った雪の玉を盛ったお盆を手に、所定の開始位置に就く。

そして時刻が来て笛が吹かれた。

試合開始である。

しょっぱなから、短期決戦を決め込みたいオールドブラザーズからの猛攻が開始された。戸板の防御壁に穴があきそうな勢いで玉が叩きつけらえる。

その援護射撃を受けてネオブラザーズの陣内に元石材職人の大前《おおまえ》が侵入してくるが、

「もらったっス！」

猛攻が一瞬やんだ隙を縫って孝太が壁の間から玉を投げて大前を討ち取る。

しかし、オールドブラザーズが擁するのは倍の人数なのだ。

戦力が一人欠けたところでまだ大きな戦力差はついたままだ。

とはいえ、この雪合戦には膠着状態を防ぐルールがある。

三十秒に一度、両チームの選手が一人、必ず防御壁から出て別の防御壁に移らなくてはならないのだ。

その際は必ず「立ち上がって移動」が義務付けられていた。

狙い目はそこなのだ。

先に動いたのはネオブラザーズの涼聖だ。一番前の防御壁から一段下にさがる。

無論、その気配を感じ取ったオールドブラザーズから恐ろしい勢いで玉が飛んでくるがギリギリのところで涼聖は逃げ切った。

「怖《こ》っわ……、殺しにかかってる勢いだよね？」

涼聖が到着した防御壁に隠れていた成沢は、試合開始から半笑いのままだ。

その中、一番後ろの防御壁の中で雪玉を増産していた陽は自分の盾を使って前線まで移動してメンバーに雪玉を補給する。

慣れた動きだった。

そうこうする間にオールドブラザーズの三十秒ルールで動きがあり、孝太と伽羅が投げながら主軸の佐々木と関の位置を確認する。

そしてハンドサインで確認した位置を知らせ合い、ここから秀人の作戦通りの集中砲火開始である。

「今年は長期戦になりそうだな……」

観客からそんな声が漏れ始めた頃、集落の祭神《さいじん》の『場』を借りて到着した月草は阿雅多と淨吽とともに雪合戦の会場として教えられた田圃を目指していた。

なお、集落の祭神は快く『場』を貸してくれたのだが、

「そうですか、雪合戦を……」

と多くは語らないものの、ちょっと笑っていた。

ちなみに祭神は水晶玉で雪合戦を観戦しつつ、両チームに怪我人が出ないように心配りをしていた。

「もう始まっておるようじゃ……」

急ぎたい月草だが、慣れぬ雪道で思うように進めない。

ようやく田圃に到着した時には一回戦が丁度終了したところだった。

雄たけびを上げるオールドブラザーズに対して、作戦通りの『負け』に満足しているネオブラザーズが休憩のためにコート外に出る。

その時、

「あ！　つきくささま！」

陽が真っ先に月草が田圃に向かってくるのに気づいて、盾を雪の上に置いて走り出した。

「陽殿！」

月草が足を止め駆けよってくる陽を受け止める態勢に入る。

そしていつも通りに陽を抱きとめる。

「つきくささま、いらっしゃい！」

「ああ、陽殿。今日もほんに愛らしいなぁ。もう試合は終わってしまわれましたか？」

「いっかいせんがおわっただけだよ。まだあと、にかいするの」

陽は説明して、阿雅多と浄吽にも挨拶をする。

「あにじゃさん、おとうとぎみさん、こんにちは」

「おう、久しぶり」

「お久しぶりです、陽殿」

挨拶を交わした陽は、月草の手を引いてみんなが休憩している場所へと連れてくる。

だが集まっていた住民たちは尋常ではない美女の登場に騒然となった。

その中、唯一、住民と顔見知りだったのは、琥珀が倒れ、伽羅も本宮にいて診療所の受付が不在になった時に手伝っていた浄吽だ。

「ああ、兄さん、たしかしばらく診療所におりんさったね」

声をかけてきた老人に、浄吽は頭を下げる。

「御無沙汰しております。その後お加減はいかがですか？」

「ぼちぼちじゃな。そっちのえらい美人さんはどなたかいな」

ナチュラルな流れで聞いてくる。

「私がお仕えしている家の奥様です。琥珀殿と懇意にさせていただいておりまして」

にこやかにふんわり概要を伝えると、ああ、琥珀さんの、とおおむね理解したらしい。

紹介された気配を感じ取り月草はそちらに顔を向けにこりと笑んで会釈する。

その瞬間、男女問わず瞬殺されていく気配がした。

「月草さん、こんにちは」

その月草に、涼聖は声をかける。

「涼聖殿、伽羅殿、御無沙汰しておりまする」

微笑みながら月草は挨拶する。

「来るのが遅くなって、もう終わってしまったかと思いましたが、まだあと二試合あると聞いて安堵いたしました」

にこやかに言う月草と一緒にいる陽を、孝太はちょいちょいと手で招く。

それに陽は、一度月草と手を放し孝太のそばに行った。

「こうたくん、なに？」

「あの美人さん、誰っスか？」

「つきくささまだよ。こはくさまの、おともだちなの」

そう言うと、陽は月草を見た。

「つきくささま！　ボクのおともだちのこうたくん！」

いきなり紹介する。

突然紹介された孝太は戸惑ったが、

「どうも、はじめまして！　孝太っス！」

元気よく名乗る。

「ああ！　陽殿からよく話を聞いておりまする。ザリガニとカブトムシを採るのがたいそうお上手じゃと……！」

月草のその言葉に、自分のことを知ってくれていたと孝太は感動する。

それがたとえ、ザリガニとカブトムシ採りの名人としてであっても、だ。

「つきくささま、それからね、こっちがひでとくん。うちのチームのぐんしなの！　すごくあたまがいいんだよ」

続いて秀人を紹介し、

「それで、なりさわさん！　りょうせいさんのおともだちのおいしゃさんなの」

成沢の紹介もしてしまう。

「初めまして、成沢です」

成沢が挨拶をするのに、月草は微笑む。

「月草と申しまする」

並び立っても見劣りしない美男美女のカップルだなと周囲が思う中、

「成沢さんは陽ちゃんに気兼ねなく会うために集落に家を買ったんですよー。ガチな陽ちゃんクラスタです」

伽羅が紹介を付け足し、月草は目を輝かせる。

「まあ、そうでございましたか……！」

「まるで天使みたいな子ですからね」

「そうなのでございまする、目の中に入れても痛くないとはこのことかと……」

「むしろ目の中に入れられるならそのまま連れて帰りたいですよね」

成沢のその言葉に、月草は深く同意する。

その流れで親馬鹿トークが炸裂するかと思ったが、休憩時間終了五分前が告げられる。休憩時間が終わる前に防御壁の変更が行われるのだが、オールドブラザーズが少し位置を変えたのに対し、ネオブラザーズはギリギリまで動かなかったが、終了一分前で一気に動かした。

戸板二枚を前後差はつけるもののほぼ隙なく横に並べ、そのうちの一枚を縦に置いたのだ。

オールドブラザーズが戸惑っているうちに試合開始となり、開始直後からネオブラザーズの猛攻が始まった。

縦置きした防御壁を支える後ろの脚立に乗った孝太が、上からオールドブラザーズに目がけて、玉を投げ始めたのだ。

上から下に投げたほうが、球威は高まる。

逆に下から上へは重力に逆らうために厳しい。

しかも一回戦である程度体力を削ったあとである。さらに球威は落ち、孝太が避けるのも難しくなかった。

これも無論、秀人の作戦である。

高い位置からなら敵陣の戸板の陰に誰が隠れているかも見えやすい。

よって、オールドブラザーズの数名が一気に脱落した。

だが、この作戦の弱点は、玉の補給である。

陽がちょこまかと補給をするのだが、結局、補給が間にあわなくなった隙をつかれて、負けてしまった。

「よっしゃあ！　今年も勝ち越し決定だな」

雄たけびを上げるオールドブラザーズだが、ネオブラザーズの目は死んでいない。

むしろ、今年のこの作戦が来年、再来年への布石になるのだ。

「さて、次が正念場だからね」

秀人がネオブラザーズのメンバーにこっそり声をかける。それに全員親指を立てたり頷いたりして返す。

とはいえ、最終試合の前の休憩は長い。オールドチームの体力がもたないからだ。

いわゆるぜんざいタイムに突入するのである。

「つきくささま、おもちいくつにする？」

「わらわもよいのですか？」

陽に声をかけられたものの急に来て食べていいものかと思った月草だが、

「たんとあるから、食べて食べて。そっちのお兄ちゃんたちは？　お餅いくつ？」

ぜんざい担当の国枝《くにえだ》が阿雅多と浄吽にも声をかける。

「ありがとうございます！　一つでお願いします」

「あ、俺は二つで」

遠慮なく二つと言う阿雅多の脇腹を浄吽は肘で突いた。ぐぇ、と変な声を漏らした阿雅多に周囲が笑う。

ぜんざいを食べながらの歓談タイムの間も、浄吽は陽の姿を写真に収めるのに余念がない。阿雅多も雪合戦の模様を余すところなく動画で収めていた。

「本当に陽くんを可愛がってらっしゃるんですね」

成沢が月草に声をかける。

「いつお会いしても愛らしく見飽きることがなくて…困りまする」

「分かります。同じような写真と言われても、ちょっと角度が違うとかそれだけで全然違いますからね」

「分かりまする！」

月草はものすごい勢いで食いついた、そして浄吽を呼ぶ。

「浄吽、陽殿の写真を出してたもれ」

その言葉に、浄吽は今撮影しているのとは別の携帯電話を取り出すと、アルバムまで表示してから月草に渡す。

「どうぞ」

その携帯電話は、月草専用のネットに繋がっていないただのデジタルアルバム集である。人界で玉響と見せあう時にはこれが周囲におかしく思われずにすむし便利なのだ。

月草は受け取った携帯電話の中に収められた陽の写真を見せ、

「こちらとこちら、では、違いまするでしょう？」

そう問いかける。

「ああ、こっちは伏し目がちで右寄りに視線があって、こっちは中央ですね。可愛いなぁ」

「分かっていただけまするか？　大差ないのだから容量を圧迫するゆえ消してはと言われまするが」

「いいんですよ、ＳＤカードを買い足せばすむ話ですから」

成沢はそう言い、自分の携帯電話を取り出して写真を呼び出す。

「一昨日集落に来てからもう二百枚くらい撮ってますね」

と月草に陽コレクションを見せ始める。

「まあ……なんと愛らしい寝顔…」

「毎朝見るたびに天使かと思いますよ」

「ほんに天使でございますすなぁ」

話をする二人に、集落のおばあちゃんたちも参戦し、携帯電話を取り出し、

「こんな陽ちゃんはどうじゃろ？」

二人に見せたのは登校日のランドセルを背負う陽である。

「……！　これは…。すみません、データを送ってくれませんか」

「わらわもお願いしまするる！」

ガチめな写真交換会が始まる中、陽、涼聖、伽羅、孝太、秀人の五人は通常運転で、

「ぜんざいおかわりー、おもちひとついれて」

「俺もおかわりしたいっス。餅は…あ、この小さいの二つにしよ」

ぜんざいのおかわりをしたり、

「上からの攻撃はさっきより控え目で、次は伽羅さんか若先生のどっちかに脚立の上をお願いしたいです。孝太くんには横の陽動をしてもらうので」

真面目に作戦会議をしたりしていた。

そうこうするうちに長めの休憩時間も終わり、最終戦である。

盾の位置はネオブラザーズが先程と左右反転させたのに対し、オールドブラザーズは上からの攻撃を警戒してずいぶんと後ろに防御壁を下げた。

それも秀人のシミュレーションのうちにあった。

防衛ラインを下げると確かに脚立の上からの玉も届きづらくなる。

だが逆に向こうの玉も届きづらくなるのだ。

しかも、三十秒ルールで必ず誰かが防御壁の間を移動しなくてはならない。

人数が多いオールドブラザーズは防衛ラインも下げたため密集率が高くなり、一網打尽にされやすい上に移動先で人を入れる空間を確保するために、一度に二人動かなくてはならない事態が発生するのである。

そうしなければ身動きができなくなるのだ。

当然移動がスムーズに行かず、立っている時間が長いほど狙われやすい。

すべて作戦通りである。

さらには、先程の脚立の上からの猛攻のイメージが強いため、上と横、両方を警戒しなくてはならないのだ。

この作戦は大ハマりした。

上を警戒すれば横の陽動が。

横を警戒すれば上からの玉が降り注ぐ。

三十秒ごとの移動ができないと、ペナルティで戦力を一人削られる。

オールドブラザーズの防御壁の裏での動きがしやすくなった頃には、両チームの人数はイーブンになっていた。

そうなると、体力を温存していたネオブラザーズががぜん有利になる。

そして何より、ネオブラザーズには盾持ちの勇者がいるのだ。

陽が盾を頼りに敵陣に踏み込む。陽に対してはアンダースロー投げというルールがあるため、アンダースローで投げるには上半身を防御壁の上に出さなくてはならない。

それはすなわち、敵陣から狙われることも意味する。

だが、盾持ちとはいえ、陽は敵陣の途中で盾の後ろに隠れたまま出てこなくなった。

「陽、戻っていいぞ」

「陽ちゃん、大丈夫っスか」

動けない陽に他のメンバーから声がかけられているのもあり、オールドブラザーズの位置からは陽が盾の後ろから動けずにいるように見えた。

そして、少しして玉の補給を終えたのか、脚立の上に伽羅が立った。

それをめがけて一斉にオールドブラザースが玉を投げたその瞬間、

「陽ちゃん、今っス！」

孝太が言った。

そして、いつの間にかオールドブラザーズの最前線の防御壁にぴたりと張りつくようにして身を潜めていた陽が、敵陣の一番奥に走り込む。

捕まえるのは許可されていない。

あくまでも雪の玉を当てるのがルールだ。

しかし、伽羅に向かって手持ちの玉を投げた直後で、誰も玉を持っていなかった。

その隙をついて陽は奥陣の旗を摑んだ。

「とったーーー！」

陽が笑顔で旗を取って飛び跳ねる。

それにネオブラザーズのコートからワッと歓声が上がった。

「あー！　あの盾は囮《おとり》だったか！」

佐々木が頭を掻く。

陽専用に与えられた盾がそこから動かないことから、陽はその陰にずっといると佐々木たちは思いこんでいたのだ。

だが陽は佐々木たちが防御壁の陰にいる隙をついて動いていた。

「うつせみのじゅつっていうんだって！」

笑顔で言う陽の頭を佐々木たちが撫でる。

「こりゃしてやられたなあ」

「ああ、本当じゃな」

負けても笑顔のいい戦いである。

「やっぱ軍師がいると違うっスねー」

「これだけ人数が残って勝つってありませんでしたよねー。大抵、最後は一対一くらいの感じになっちゃって力業で勝つみたいな」

孝太と伽羅が言って、軍師・秀人に拳を出す。

「お役に立てて良かったです」

秀人は控え目に言う。

そして成沢は、

「普段できない経験で本当に楽しかったよ。大人の雪合戦って本気モードがすごいよね。ああ…本当に楽しかった」

笑って言い、涼聖も、

「たまにこうやって童心に返るのもリフレッシュできていいでしょう？」

と返す。

「そうだね。でも、明日は肩回りが筋肉痛になりそうだけど」

そう言って成沢は苦笑いする。

試合が終わり最後のお茶タイムが始まる。

「しかし、あの上からの攻撃は厄介じゃな……。囮かそうじゃないかの区別がつかん」

「来年はこっちも一枚立てるか」

「立てて、誰が脚立の上に乗る？　さすがにあの上で動き回るのは危ないじゃろ」

お茶を飲みながらすでに来年の作戦会議である。

月草はいつの間にかすっかり集落のマダムたちの中に溶け込み、彼女たちの「陽ちゃんコレクション」を見せてもらっていた。

その中、孝太が意を決し、陽に声をかけた。

「陽ちゃん、陽ちゃん、ちょっといいっスか？」

「なに？　こうたくん」

「あの綺麗な人と写真撮りたいっス。お願いしに行くのについて来てほしいんスよ」

「いいよー。いこ」

陽は気軽に言って孝太と手を繋ぎ、マダムたちの輪にいる月草の許に向かった。

「つきくささま、ちょっといいですか？」

「なんでございましょう？」

「あのね、こうたくんが、つきくささまとおしゃしんとりたいんだって」

陽が言うのに、まあ、という顔をした月草に、孝太は頭を下げる。

「お願いしまス」

「わらわでよろしければ」

月草はにこりと笑い、浄吽を呼んだ。

「こちらの方と一緒に撮ってたもれ」

それに淨吽は頷くと、孝太から携帯電話を預かった。

「じゃあ撮りますよー。はい……。もう一枚撮りまーす……はい、撮れました」

どうぞ確認してください、と淨吽は孝太に携帯電話を返す。

データを確認した孝太は、おお、と感嘆の声を上げ、

「ありがとうございました！　大事にするっス！」

そう言って再び陽と手を繋いで元の場所に戻る。

その様子に、

——青春だなぁ……。

と思う涼聖、伽羅、成沢、秀人、そして集落の面々がいたのだった。

◇◆◇

お茶タイムが終わると片づけて解散である。

月草はタイムリミットが来たので、

「片づけもせず申し訳ないのですが」

と断りつつ、いつの間にか浄吽が手配していたタクシーで帰っていった。

神社の『場』から帰ればすむ話ではあるが、人の目がある以上はそういうわけにはいかない。

タクシーで自分の神社まで帰ることにしたようだ。

片づけと言っても、持ち込んだブロック数点と脚立、戸板、寸胴鍋を田圃に横付けした軽トラックに乗せてしまえば終了である。

寸胴鍋は洗ったあと、借りてきた小学校の調理室に明日戻す予定だ。

こうして三々五々解散になり、涼聖たちは診療所に戻ってきた。

今日は休診日なのだが、ちょっと集まるのには都合がいい位置だからだ。

「ああ、本当に楽しかった。明日帰っちゃうのが惜しいくらいだよ」

待合室の椅子に腰を下ろした成沢が言う。

「もっとおとまりする？」

気軽に陽が誘うのに、

「したいけど……難しいかなぁ。患者さんを待たせてるからね」

悩みながら成沢が言う。

「あ、そうか！　なりさわせんせいに、しゅじゅちゅ……しゅ、じゅ…つ、してもらうのまってるひといっぱいいるんだった」

思い出したように言ったあと、陽は、

「いっぱいいろんなひとのしゅ、じゅ…つして、げんきなひといっぱいになったら、またきてね。こんどは、おそとのところでごはんたべたい」

次の約束をしてくる。

「うん、そうだね。次は外でご飯を食べよう。その前に、陽くん、また東京に遊びにおいで。うちのじいじも大ママも待ってるから」

そう言う成沢に、陽は笑顔で頷いた。

「ああ、本当に可愛い……。集落の人とか月草さんとかにもいっぱい写真見せてもらったけど、本当にすごいよね。みんなのコレクション…」

成沢が言うのに対し、伽羅が思い出したように、

「そう言えば、月草殿とアドレス交換してましたよねー、成沢さん。月草殿みたいな方が好みのタイプですかー？」

そう聞いた。

成沢は一応、結婚を考えてはいる。独身なのは「誰でもいい」というわけにはいかない立場だからだ。

将来の病院長夫人となるかもしれない相手を選ばなくてはならない。

そうなるとそれなりの知識と教養がある人物ということになるのだ。

一応伽羅は成沢の縁結びを、と思っているのだが、前回会った時は成沢自身の好みが定まっていなかったので動けずにいた。

——月草殿本人っていうのはまあ無理ですけど、そういう方向で攻めるっていうのが分かればなんとか……。

と思ったわけだが、成沢は、

「びっくりするくらい綺麗《きれい》な人だけど、なんだろう、恐れ多いっていうか気が引ける感じだね。アドレス交換してたのは、陽くんの写真をいろいろ送ってくれるって言うからお願いしたんだ」

あっさり陽ガチ勢としてのアドレス交換だったことを伝えてくる。

「えぇー、そうなんですか？　てっきり孝太くんと、月草殿を巡ってバトる展開かと思ってムネアツだったんですけどー」

と、伽羅は笑う。

「いやいや、それはないかな。多分、ものすごくできた方だとは思うけど……毎日懐石料理食べるのはつらい、みたいな」

「なるほど、じゃあ、もう少し素朴な方が好みと……」

「そうだねぇ……マダム手嶋を若くした感じのお嬢さんだったら嬉しいかな」

そう言う成沢に、

「てしまのおばあちゃんみたいなひとだったら、まいにちケーキつくってくれるね！」

陽はやはり陽らしい納得の仕方をして、みんなを和ませたのだった。


そして翌日、つかの間の休暇を楽しんで成沢は帰っていった。

「ものすごくリフレッシュできたんだけど、やっぱり筋肉痛になったよ」

と苦笑しつつも、来た時よりもかなりすっきりした顔をしていた。

ちなみに涼聖と伽羅も筋肉痛で朝から互いに湿布を貼り合った仲である。

むしろ昨日の雪合戦に参加した中で湿布を必要としていないのは陽と孝太だけだった。

軍師秀人は、軍師だけあって普段から体を動かすタイプではないため湿布を必要としたようである。


なお、月草と写真を撮った孝太に『つきくささまのことすきなの？』と陽がど直球で聞いたところ、孝太の返事は、

「あのレベルの美人さんは、毎日見たら死ぬっス」

だったそうである。

成沢も孝太も、まだなかなか恋のキューピッドの出番はなさそうだった。

おわり

# あとがき

こんにちは。夏の暑さに殺意しか覚えない松幸《まつゆき》かほです。どうして殺意しか覚えないのかと言えば、今年も部屋のクーラーの買い替えに失敗したからです。失敗した理由は部屋の片づけがやっぱり、まったく進んでないからです。安定の汚部屋！　ホント片づく気がしない。

という毎回お馴染の、汚部屋トークで入るこのあとがき……、いつかは卒業したいものですね。でも期限は切らない（できる気がしないから）。

さて！　狐《きつね》の婿《むこ》取《と》り十六冊目です！　本当にありがたい……。相変わらず琥珀《こはく》様不在の香坂《こうさか》家。前回に引き続きBL不在問題が起きておりますが、希望の星、バミクラはどうなったのか……。淡雪《あわゆき》ちゃんの鉄壁の夜泣きディフェンスを躱すことはできたのか？

あと、シロちゃんと赤い目の人がBL展開になることはあるのか？　いや、あの二人体格差がどうとかいう問題じゃないからなー、みたいな部分もちょっとお楽しみいただけたらと思います。

番外編は、とうとう集落の「雪合戦」です。ガチ過ぎる雪合戦、そして成沢《なりさわ》先生meets.月草《つきくさ》様もあります。美男美女カップル爆誕？　とかその辺りも楽しんでいただけたら……。

　そんな今作も麗しいイラストをつけてくださったのは、みずかねりょう先生です。今回の表紙にはなんと伽羅《きゃら》さんが登場！　伽羅さんのモデル慣れ感が半端ないイケメン……。本当に毎回素敵なイラストの数々ありがとうございます！　全身全霊の五体投地でお礼を申し上げます（ふざけてないです←嘘ください）。


　しかし十六冊……。自分で書いていながら、ここまで続けさせていただけるとは思っていませんでした。本当に読んでくださっている皆様と、出版に携わってくださっている皆様のおかげです。

　私にできることは、読んでいる時だけでも笑って楽しんでもらえるようにすることかな、と思うので、これからも全力で笑ってもらえるように頑張りたいと思います！

　本当にいつも、ありがとうございます。最大級の感謝を込めて。

二〇二一年　暑さで半分溶けている八月上旬　　松幸かほ

今度は神様、
やる気のギフト!
伝説の戦士。
プリモエになる!?
みんなに届け!
デリシャス和菓子!
ワガシ★プリモエ
わたし、琥珀!
和菓子が大好きな、狐の神さま!
新しい集落へ引っ越してきた日、
大福に乗って現れた
「ワガシの妖精」ドラりんとフクるんに、
いきなり助けを求められちゃった!
キャスト
モエ桜餅/琥珀
モエあんみつ/伽羅
モエ羊羹/橡
モエ団子/影燈
ドラりん/陽ちゃん
フクるん/SIRO(特別出演)
アンコ姫/月草
ウグイス/阿雅多
ズンダ/浄吽
スイーツデビル/淡雪
妖精が住む「ワガシの国」を
乗っ取ろうとする「ヨウガシの悪魔」に
とっても大事な、秘伝の和菓子レシピを
奪われちゃったんだって。
このままレシピが見つからないと、
世界から大好きな和菓子が消えちゃうことに…!
和菓子が食べれなくなっちゃうなんて、
絶対にダメ!と思ったら
妖精の力に反応して、伝説の戦士・
モエ桜餅に変身しちゃった!
餡子のラブパワーで、
たくさんの和菓子を送っちゃお☆
2022年
放送開始!
キツネテレビ系列にて
毎週日曜あさ8時30分より
狐の婿取り(仮)
松幸かほ
みずかねりょう・画
※イラストと小説内容は、
かなり異なります。
kitsune TV

# CROSS NOVELS既刊好評発売中

こはくさま、きょうはなにしてるのかなぁ…

## 狐の婿取り―神様、遭遇するの巻―

## 松幸かほ

Illust みずかねりょう

気の漏れを治すために、一時本宮へと身を寄せることになった狐神・琥珀。

医師の涼聖とチビ狐の陽は、彼の不在に寂しさを感じながらも日々を過ごしていた。

そんな中、集落の空き家問題に強力な助っ人が登場！ そして橡の恋人である倉橋も、一世一代の決意!? 時を同じくして、香坂家に忍び寄る一つの影が……。

陽ちゃんがプレゼント作りに奮闘する短編も同時収録。

ドキドキの展開から目が離せない、大人気シリーズ15弾！

CROSS NOVELS

# CROSS NOVELS既刊好評発売中

琥珀、お前の命には代えらんねえ

## 狐の婿取り―神様、約束するの巻―

## 松幸かほ

Illust みずかねりょう

「おてがみかいたら、おへんじくれますか?」
騒がしかった集落の周辺も、ようやく落ち着きを取り戻し始めた頃。
狐神の琥珀は物思いにふけっていた。自身から『気の漏れ』が発生しており、
このまま放置すれば魂に関わると忠告を受けたからだ。
改善するには本宮へ三ヶ月ほど滞在しなくてはならない。
悩む琥珀に涼聖は迷うことなく「行ってこい」と背中を押すが――香坂家に訪れる
新たなピンチ!　不敬すぎる秋の波が大暴れ!?　ドタバタ本宮編も同時収録♡

CROSS NOVELS

## CROSS NOVELS既刊好評発売中

やべぇ。天然、マジで最強

**狐の婿取り—神様、進言するの巻—**

**松幸かほ**　Illust みずかねりょう

倉橋を巻き込んだ崩落事件から二ヶ月が過ぎた。事件をきっかけに、
涼聖や琥珀、ちび狐・陽たちの暮らす集落が注目を浴びてしまう。
野次馬が訪れ、普段とは違う様子に住民たちも何やら落ち着かない様子。
良くない「気」が溜まってしまわないように、琥珀はとある意外な提案をするが…？
ようやく成就したカップル・橡×倉橋プラス淡雪の
ドキドキ子連れ初デート編も同時収録!

CROSS NOVELSをお買い上げいただき
ありがとうございます。
この本を読んだご意見・ご感想をお寄せください。
〒110-8625
東京都台東区東上野2-8-7　笠倉出版社
CROSS NOVELS 編集部
「松幸かほ先生」係／「みずかねりょう先生」係

CROSS NOVELS

# 狐の婿取り—神様、思い出すの巻—

著者

松幸かほ

©Kaho Matsuyuki

2021年9月23日　初版発行　検印廃止

発行者　笠倉伸夫
発行所　株式会社　笠倉出版社
〒110-8625　東京都台東区東上野2-8-7　笠倉ビル
[営業]TEL　0120-984-164
FAX　03-4355-1109
[編集]TEL　03-4355-1103
FAX　03-5846-3493
http://www.kasakura.co.jp/
振替口座　00130-9-75686
印刷　株式会社　光邦
装丁　磯部亜希
ISBN　978-4-7730-6308-0
Printed in Japan

乱丁・落丁の場合は当社にてお取り替えいたします。
この物語はフィクションであり、
実在の人物・事件・団体とは一切関係ありません。